Ancien éducateur sportif de boxe thaïlandaise, fondateur du magazine *5Styles*, lauréat du prix Espoir de l'économie de la chambre de commerce et d'industrie de Paris en 2006, co-fondateur du Syndikat, association qui a pour but de « promouvoir la lecture et l'écriture » en banlieue, et de Saint-Denis Positif, Rachid Santaki est l'auteur de trois romans.

DU MÊME AUTEUR

La Petite Cité dans la prairie
Le bord de l'eau, 2008

Des chiffres et des litres
Moisson Rouge-Alvik, 2012

Rachid Santaki

LES ANGES S'HABILLENT EN CAILLERA

ROMAN

préface d'Oxmo Puccino

Moisson Rouge

TEXTE INTÉGRAL

ISBN 978-2-7578-2811-3
(ISBN 978-2-914833-97-4, 1re publication)

Préface

Oxmo Puccino

J'ai rencontré Rachid par cette force des choses qui fait se croiser les personnes qui œuvrent pour une même cause avec passion. Il venait de fonder un des premiers sites dont la thématique principale était le hip-hop. De mon côté, je revenais de mon second disque à la suite duquel j'avais momentanément suspendu ma carrière. C'était il y a dix ans. De cette période de liberté horaire (aujourd'hui révolue), je me souviens de mes visites au bureau de mon « sauce arachide » signant ses premiers éditoriaux, et de nos discussions philosophiques sur la vie et les courants créatifs qui nous animaient. Pas une semaine ne passait sans que nous nous découvrions une connaissance commune.

Tout comme moi, Rachid aimait la boxe. Tous deux nous pratiquions ce sport, et nous nous sommes croisés dans des galas du nord-est parisien à plusieurs reprises et ce, bien avant de s'adresser la parole. Dépassement de soi, discipline, volonté, autant de valeurs qui font de ce sport un noble art dont l'apport paradoxal à la construction de soi peut par ailleurs vous servir dans des situations inattendues. En effet, s'il est encore des lieux où le mélange des genres existe, ce sont bien les salles de boxe. Toutes les couches sociales s'y retrouvent : des chefs d'entreprises, des lycéens, des paumés, des caïds et des policiers… bref, des personnages similaires à Stéphane ou au Marseillais.

J'en ai rencontré des « Marseillais », ces soldats sans armée, ces mercenaires de la reconnaissance totale, enveloppés d'une ténacité dont les sources s'enracinent depuis quelques générations. Très jeunes, ils se sont juré d'abolir de leur existence les affres de la pauvreté et ce, par tous les moyens nécessaires. La raison première de l'engagement dans des activités illégales est l'acquisition rapide de capitaux conséquents. C'est aussi une question d'urgence puis d'honneur. Tous ceux qui ont connu le goût du danger ont bien retenu qu'au fond ce n'est pas rentable, mais comme dans tout métier il est très difficile de changer de branche ! Ce choix d'orientation coïncide souvent avec le moment où l'amour de la famille quelquefois discrète a perdu son influence, c'est le moment où la rue est entrée dans le foyer.

Rachid et moi avons souvent regretté la voie prise par des « potentiels » qui auraient été d'un apport certain à la société, si elle les avait fait se sentir aimés un peu plus. Hélas, les talents ne trouvent pas tous leur guide, et les colères nées de ces frustrations sont difficiles à éteindre.

Si la violence grandit avec la profondeur du fossé social, une grande partie de la solution réside dans le pouvoir d'élever nos enfants de toutes nos forces. Nous nous devons de transmettre à nos jeunes compagnons, hésitant dans le sombre questionnement, l'amour de quelque chose, au mieux de soi, car on peut retrouver la dignité en accomplissant avec passion.

Malgré tout ce que l'on peut voir et entendre des grands médias, j'ai la chance de rencontrer des personnes animées par un vrai désir politique et d'autres sont sur le terrain, porteurs de grands espoirs. Donc je deviens optimiste et… oui, je suis convaincu que tout ira mieux lorsque tous donneront à bon escient ce qu'ils ont de plus cher : un peu de leur temps.

Avant-propos

Je préparais la sortie de mon premier livre, *La Petite Cité dans la prairie*, quand mon meilleur ami m'a présenté Ilyès. Je l'ai croisé chez le coiffeur, le matin de sa sortie de prison. Je savais juste qu'il sortait de Villepinte et qu'il était doué pour le vol. Quelques jours plus tard, nous nous sommes revus. Ilyès avait appris que j'écrivais et m'a dit que son histoire méritait un livre et même un film. Après avoir discuté avec lui et m'être renseigné sur la véracité de ses propos, j'ai compris qu'il avait effectivement un parcours spectaculaire. C'est un jeune de Saint-Denis mais pas n'importe lequel, le plus doué de sa génération pour le vol à la ruse. Par ses actions, adolescent, les aînés de son quartier savaient déjà qu'il se démarquerait de ceux qui « crochetaient », car il courait vite et faisait preuve de beaucoup d'imagination. Deux atouts qui lui ont permis de gagner de l'argent, beaucoup d'argent. Il était en semi-liberté quand nous avons décidé de coucher son histoire sur papier. Il me rédigeait des notes mais les finissait toujours par une petite touche de morale. J'ai repris ses textes et je lui ai proposé de nous entretenir sur ses motivations, son mode de vie. Nous nous sommes retrouvés tous les dimanches matin d'août 2008 dans un café près de la mairie d'Aubervilliers. En novembre 2008, mon livre est sorti, et je pensais déjà à ce polar et ses deux personnages : Ilyès et Saint-Denis. J'ai d'abord pensé au titre *Le Marseillais*.

L'escroc avait repris ses activités et disparu pendant plus de six mois. J'ai appris qu'il était en cavale au Maroc et j'ai eu quelques échanges avec lui. Il était de nouveau pris dans la spirale de l'argent. Ce livre raconte l'histoire et les méthodes d'un jeune délinquant. Un peu comme on l'avait reproché au groupe de rap Lunatic avec le titre *Le crime paie*, j'allais livrer un guide pour devenir voleur à la ruse. J'ai mis de côté mes chapitres et j'ai laissé mûrir cette idée trop brutale.

Quelques semaines plus tard, j'ai décidé d'orchestrer une fiction. J'ai mis en scène un flic ripou qu'Ilyès avait rencontré avant son arrestation. Je me suis ensuite inspiré de personnes de mon entourage et je me suis documenté sur le commissariat de Saint-Denis auprès d'officiers de police pour créer un puzzle de personnages extraits d'univers différents.

Les anges s'habillent en caillera s'inspire de la vie d'Ilyès et d'anecdotes de Saint-Denis. Mon souhait principal était de montrer différentes facettes de cette ville et de décrire une réalité avec un langage vivant, contemporain. Saint-Denis est un personnage que je côtoie depuis tout jeune, elle a de belles mais aussi de cruelles histoires.

L'aventure s'est terminée en été 2010 après quatre réécritures. Le Marseillais est actuellement incarcéré et devrait sortir à la fin de l'année 2011.

Rachid Santaki

CV dans le rétroviseur

1973, naissance en France d'une mère céfran et d'un père rebeu. Élevés par la grand-mère au bled avec mon frère Hicham, on est heureux !

1978, retour à Saint-Ouen la ville où je suis né, la ville où je me sens mal. Je redouble le CP, rêve devant *Albator*, *Cobra* et le *Capitaine Flam*.

Chaque été au bled, maman fuit papa, je finis quelques mois à la DDASS. 1984, *H.I.P. H.O.P.*, la rencontre avec Linda et les copains du collège, c'est l'arrivée en France du dass.

Je dessine des bonhommes et la conseillère me dit que je n'ai pas le niveau. L'éducation nationale m'envoie en 4e techno et me met la tête sous l'eau.

Mon daron rêve de faire de moi un petit Balboa et m'inscrit à la boxe anglaise. J'aime le dessin et me fais chier entre les sacs de cuir et les gants de seize.

J'atterris au collège Lurçat à Saint-Denis, adopte la mentalité de cité. Mes premiers potes caillera, je suis proche de Mimi et d'autres enfants en difficulté.

Mes parents divorcent, j'en parle pas, maman quitte Saint-Ouen pour Drancy, on la suit. C'est l'époque de Creeks, je chausse du 46 et je fais style que j'ai la même vie que Ricky.

Ma daronne a un mec et veut refaire sa vie, on le prend mal.

C'est le retour à Saint-Ouen. C'est mon premier job aux puces, les Simpsons, NTM, je tâte la boxe thaï et le Lumpini.

12 décembre 1991, Hicham nous quitte : sa mort me tue.

Les années 1990 défilent et ma vie ne tient qu'à un fil. L'époque des cités chaudes et de la réputation des 4000.

À vingt ans, je suis encore désorienté, je rate mon bac pro, je perds Mohamed, Allah ya rhma. Chauffeur livreur comme les Rebeus et les Renois, j'écoute *L'Enfant seul* dans le stepo. Stade de France, on est champion du monde, je taffe et je suis gavé. Quelques galères avec la justice, les mandats et le baveux qui te baratine pour un billet.

Mon mariage avec Houria, lancement d'hiphop.fr, on passe sur Canal Plus. Avec Stéphane Ackermann on travaille dur, on lance *5Styles*.

Je rencontre Romain, Saer, Éric à Vincennes, aujourd'hui de vrais amis.

2003, naissance de ma fille Sorine, la douleur et l'absence de mon frangin sont encore là. Princess Anies lui dédie un morceau, Ackermann en pleure, je suis touché par tout ça.

Prix espoir de l'économie, exposé dans les médias, je perds et retrouve des potes.

2006, naissance de mon fils, on loupe la Coupe du monde sur un coup de tête, Adil nous quitte. Premières erreurs, je chute sans prendre panique.

Je fais connaissance avec Gregory Choplin après un footing, il m'apprend la mort d'Illis. Come-back à la salle, le coach Ahmed Kerrar s'occupe de moi comme de son fils.

Face à l'impasse, je suis à deux doigts de tout foirer, mon destin croise celui de Kamel. Il m'aide à sortir de mes galères, je sais que je lui dois beaucoup et resterai fidèle.

Rencontre avec le Marseillais, je découvre son parcours et son addiction à faire du fric.

Automne 2008, sortie de mon premier livre préfacé par Bzit, première lectrice Siham. Des hauts, des bas et encore des bas, mais l'équipe du mag est là, Houssam, Varouny, Bruce, Adnen.

Septembre 2010, je tourne la page *5Styles* et décide de m'investir dans la littérature. Oxmo boucle l'étape finale avec sa préface, et Moisson rouge veille à tous les détails de cette aventure.

Intro

L'impasse

25 et 26 juin 2008

Mercredi 25 juin 2008, 08 h 42
Maison d'arrêt de Villepinte

Ma peine vient de s'achever. J'ai été enfermé pendant dix-huit mois, déclaré coupable de vol à la ruse. La page est loin d'être tournée puisque j'ai des comptes à régler.

Je connaissais les risques du métier, comme se faire balancer, mais ce bâtard d'Hervé me fout vraiment la rage car je m'étais occupé de lui, je l'avais mis bien.

Je m'appelle Ilyès. À Saint-Denis, on me connaît sous le surnom du Marseillais. Je suis capable de griller le code d'une carte bleue en un clin d'œil. Une fois mon travail réalisé, je peux dépenser sans compter.

J'ai assumé mes conneries et, vu le paquet de fric que cela m'a rapporté, la mise entre parenthèses de ma liberté en valait le prix. Saint-Denis a été le théâtre de mes premiers coups. J'ai été assez malin pour passer les diplômes du crime, les autres candidats se sont retrouvés à vendre de la came ou du shit. Certains sont morts, d'autres se sont perdus entre les allers-retours au placard. Au fond de moi, je sais que ma sortie n'est que provisoire et que je vais reprendre la direction de la maison d'arrêt à la moindre erreur.

Mon cousin est venu me chercher à la sortie. Cet enfoiré est vautré sur son volant, une cuillère en plastique logée au coin des lèvres. Son visage barré d'un grand sourire, il sort du véhicule brutalement et s'approche de moi. Sofiane mesure un mètre quatre-vingt. Il est mat de peau, mince, avec une coupe à la Cristiano Ronaldo. C'est pas pour rien qu'il fait tomber les meufs. Je lui fais la bise, et sa bonne humeur me contamine.

– Wesh la famille, ça va ou quoi ?

– Haimdoulilah… Ça fait plaisir de voir ta tête espèce de ouf.

– T'as daté, alors ça fait quoi ?

– Rien, vas-y on bouge d'ici avant qu'ils viennent me chercher.

J'inspire à fond l'air de la liberté. J'ai manqué d'oxygène. Mes vêtements dégagent une odeur de renfermé, l'arôme bien dégueulasse de la prison, plus psychologique qu'autre chose. Un parfum qui te suit pendant toute ta peine. C'est fini, je n'ai plus envie de me faire coffrer. Même si j'ai joué le dur pendant ces dix-huit mois, j'en pouvais plus.

Mon cousin démarre sa vieille caisse et nous quittons le parking pour prendre l'autoroute. Les villes défilent sur le bord de la route, Aulnay-sous-Bois, Le Bourget, Saint-Denis, ma ville, celle qui m'a vu grandir, qui m'a vu gravir les échelons de la délinquance, celle qui m'a rendu accro au fric.

On s'arrête dans mon quartier, Dourdin, un des plus grands ensembles de Saint-Denis. On n'est pas loin de dix mille à vivre dans ces tours. Les habitants s'agitent pour aller faire les boutiques au centre commercial de la Basilique. Mon premier réflexe, avant même de rentrer à la maison, est de me rendre chez le coiffeur. Le salon se trouve au pied d'une cité, en face d'une sandwicherie très populaire.

– Ilyès, t'as vu je dois gérer une meuf vite fait. Je l'appelle, je reste à côté.

– T'es flippant, dès le matin tu fais le BDM ?

– C'est toi le bouffon des meufs ! lâche-t-il dans un grand éclat de rire.

Y a déjà deux gars qui attendent pour une coupe à huit balles. Ces crevards viennent tôt car, la journée, les cinq sièges en face des grands miroirs sont occupés. À ce prix-là, toute la ville vient chez Hamed. Il est installé depuis des années, il nous a vus grandir et entend toutes nos conversations. C'est là où les mecs de la cité se retrouvent.

– Salut Hamed.

L'un des deux gars de la tess sourit.

– Salam aleykoum ! Wesh le Marseillais, t'es de retour !

– Aleykoum salam, ça va Yanis ?

– Haimdoulilah, mon pote ! Alors c'était bien tes vacances à Center Parcs ? T'es resté longtemps, sa mère !

– Ouais, dix-huit mois, ma gueule.

– T'étais avec Zulu Boy, c'est sa sœur qui l'a dit à ma sœur. Faut que je lui envoie un mandat. Je vais passer à la poste après, sa mère ! Il doit être comme un ouf. Il a trop la dalle. Nan ?

– Nan, tranquille…

– Vas-y passe direct, il te fait la coupe. Moi, j'ai le temps, t'as vu.

Le coiffeur passe un coup de balai et nettoie sa tondeuse. Il m'invite à me poser sur le fauteuil et me passe le tablier.

– Je te coupe comment ?

– Un peu sur le côté, et un peu au ciseau sur le crâne.

– Très bien. Alors ça va ?

– Haimdoulilah, tranquillement.

– T'étais en vacances alors ?

– Ouais… Tranquille, tranquille.

Le gars assis à côté de moi me raconte les dernières nouvelles du quartier. Les histoires de bananes, de meufs et autres anecdotes. Un type entre, c'est Khaled ! Mon aîné de dix ans, il est comme mon grand frère et a toujours veillé sur moi.

– Les gars bien ? demande-t-il à la ronde avec un clin d'œil. Alors petit hagar, ça va ?

On se fait la bise.

– Et toi ?

Je suis super content de le voir. Pendant mon incarcération, il rendait régulièrement visite à ma mère. À chaque fois, il apportait de la viande et des pâtisseries. Je ne suis plus le petit garçon innocent qu'il a connu mais un escroc, un voleur à la ruse sans égal. Le plus dur, ce n'est pas d'être devenu ce que je suis, mais d'en être arrivé à voir les yeux de ma mère usés par mes conneries. Être derrière les barreaux n'était qu'une façon pour moi de payer mes impôts. Ça n'a pas été facile, mais l'enfermement m'a endurci, m'a purifié aussi et m'a rapproché de Dieu. La prison m'a séparé de ma femme, et cette sentence fut lourde. Mais ma famille, mes frères et sœurs, les êtres les plus chers à mes yeux, sont là, près de moi.

Tandis que Khaled et moi plaisantons, Yazid, un autre grand du quartier, passe devant la boutique et fait mine de ne pas m'avoir vu. Nos regards se sont pourtant croisés, mais sa fierté l'a empêché de s'arrêter. Yazid est un graffiti artist. Il peint les murs de notre ville, des métros et fait le chaud parce qu'il était dans des clips vidéo dans les années 1990. Il vendait des stups et me mettait de sacrées corrections. Parce qu'il était mon aîné, il en profitait pour m'envoyer lui faire des courses, me taper, insulter ma mère et me prendre le fruit de mes premiers délits. Un vrai fils de pute. Alors qu'on est en 2008, le CD de sa vie s'est rayé en 1991, à l'époque du *Monde de demain* du groupe NTM. Sa silhouette chétive s'éloigne alors que la tondeuse s'approche de mon crâne.

Khaled me salue, il doit aller s'entraîner avec Jeremy, un mec du quartier qui est champion de muay thaï. Sofiane est toujours à l'extérieur en train de tchatcher au téléphone.

Ma coupe terminée, j'admire mon dégradé. L'été est bien là, mais derrière moi les souvenirs de la taule sont encore chauds. Mon codétenu, la promenade, les yo-yo, et cette odeur…

Quand je sors de chez le coiffeur, surprise ! Yazid m'attend.

– Wesh, je peux te parler ?

– Ouais.

– Ça t'intéresse de savoir où habite ton pote Hervé ?

– Pourquoi tu me parles d'Hervé ?

– Ce fils de pute m'a carotté. Il devait m'arranger un truc avec un keuf et il m'a menti. Le truc c'est que j'ai vu où il habitait l'autre jour. Je sais où tu peux le péter.

– T'es sérieux, tu sais où il crèche ce bâtard ?

– Ouais. Je t'ai dit, il a voulu jouer le malin. Maintenant, qu'il assume ! Tu sais quoi, je lui ai parlé de toi en lui disant que je te détestais. Il m'a dit qu'il t'avait balancé, il s'en vantait. Tu sais quoi la famille, il a même dit que t'allais retomber à peine sorti, parce qu'il veut pas d'histoires. Il va te monter une mayonnaise. Il savait même quand tu sortais. Et il veut te coller d'autres affaires sur le dos.

– C'est vraiment un fils de pute ! Il m'a fait béton et il vient se la raconter !

– Ce bâtard est à Enghien, rue Pasteur, une maison avec un grand grillage bleu. Il roule en Merco, tu verras sa voiture devant chez lui. Maintenant tu le sais. Je connais ta daronne et je t'ai vu grandir. J'ai compris que dans le quartier, on est pas unis et ça nous détruit !

– Mouais.

Yazid m'étonne. Il est au bord des larmes.

– Hé le Marseillais, j'ai vu ta mère pendant ta peine et j'ai perdu la mienne entre-temps.

– Non ! Allah ya rhma.

Je baisse la tête et ne sais plus où me mettre. Je suis gêné d'avoir pensé tout ça de lui. Putain, sa daronne elle est partie, c'est chaud.

– Allah ya rhma. Mes condoléances.

– Sur la tombe de ma mère, ce fils de pute faut que tu lui donnes une bonne correction.

Mon cousin a enfin fini, je dis au revoir à Yazid et monte dans la bagnole. On trace chez moi pour retrouver la famille.

La porte s'ouvre, ma mère porte une djellaba et un foulard. Elle me prend et me serre très fort dans ses bras. Les larmes coulent sur mes joues. Le silence et le poids de sa peine sont bien plus lourds que les haltères que j'ai soulevés au pénitencier. Elle qui m'a donné la vie, qui s'est battue pour m'éduquer et qui m'a toujours protégé. Mes sœurs et mon frère cadet, témoins de ce poignant moment, viennent m'embrasser. Je remets ma carapace et tente de retenir les larmes mais je te jure que c'est dur, y a comme un mauvais goût de non-dit, de pudeur chez nous. Depuis mon enfance, je masque mes sentiments, je le sais et je n'y peux rien. J'ai l'impression que c'est de pire en pire. On a grandi ensemble, mais on ne s'est jamais dit qu'on s'aimait. Ces pensées me hantent pendant tout le repas. Autour du plat, les mains saisissent avec le pain les pommes de terre et les légumes de ce copieux tagine. Ça fond dans la bouche, rien à voir avec la nourriture en prison. Qu'est-ce qu'il est bon le tagine de ma mère ! La formule secrète de ses épices sur les légumes nous fait retrouver les couleurs du Maroc et les saveurs du bled. Ma sœur débarrasse la table pour y poser une grande corbeille de fruits. Je plante mon couteau dans une pomme et détache une grappe de raisin. Je me lève et m'installe dans le canapé marocain, une orange à la main.

Les images de la chaîne MTV défilent sur l'écran plasma du salon aux mensurations énormes. Des clips et encore des clips. Je regarde sans être là, c'est un des automatismes de la prison, regarder le petit écran, comme pour se shooter aux images et s'évader le temps d'un clip ou d'une pub. Mon téléphone sonne, c'est Khaled.

– Gamin, y a des mecs qui te cherchent au quartier !

– Qui ça ?

– C'est des mecs chelous. Fais belek à toi.

– Tu sais pas c'est qui ?

– Non, mais fais belek, c'est tout.

Je suis sûr que c'est encore cette balance d'Hervé et une équipe qu'il a dû payer. Il n'a qu'une envie, me voir repartir en prison. Il va voir ce fils de pute. Je prends mon téléphone et appelle Sofiane.

– Ouais, gros, tu peux venir me chercher et avertir l'Ancien.

– Je suis avec une meuf.

– C'est despi, t'inquiète.

– Laisse-moi la travailler et je suis là dans une demi-heure.

– D'accord, à tout à l'heure.

La fenêtre de ma chambre donne sur le cœur de la cité. L'aire de jeux dégradée par les années et le vandalisme ne ressemble plus à rien. Les mêmes gosses qui jouent en bas des mêmes tours et qui ne partent pas. La plupart des familles africaines. Les quelques Rabzouz qui sont là partiront au bled au mois d'août. Ces microbes courent et se balancent des « nique ta mère » dans cet espace occupé dès le matin et jusque tard dans la nuit. Sur leur territoire de jeu, les papiers de glace bon marché et les bouteilles de soda au plus bas prix poussent comme des champignons. Les couches et les sacs-poubelle pleins, jetés par les fenêtres, recouvrent les pelouses et donnent une image bien crade de notre quartier.

Sur l'avenue, il y a deux gamins qui pètent la vitre d'une voiture à un feu rouge et qui se sauvent à toute allure, avec le sac à main qu'ils ont sauvagement dérobé. La conductrice, surprise, se lance sans succès à leur poursuite, elle hurle mais les microbes sont déjà loin et se dirigent vers mon bâtiment.

La Ford de mon cousin entre dans la cité. En descendant les marches de ma tour, je croise les deux voleurs dans le local.

– Vite, vite.

– Y a rien d'autre ? Prends les cartes.

Nos regards se croisent et je souris, je suis passé par là. Ils semblent paniqués. En montant dans la bagnole, une prémonition m'accable, comme si je ne devais jamais revoir ces tours. J'ai peur de ce qui m'attend au quartier.

Les doigts de mon cousin battent sur le volant un rythme de derbouka. On traverse le centre-ville et on s'enfonce du côté de Dourdin. On fait le tour de l'immense mosaïque de béton pour scanner les mecs présents. Les habitants du quartier sont en vacances. Dans le square, quelques mères de famille discutent et des gosses courent dans tous les sens. Les gars de la cité sont assis sur les grilles à côté des cabines téléphoniques. Le groupe discute devant la plus grande tour du quartier.

L'Ancien arrive dans une grosse allemande, une BMW X6 noire au gabarit démesuré. Il me prend dans ses bras, comme si j'étais son fils. Il a une vraie gueule, à la Belmondo. Allure sportive, bien entretenu grâce à la boxe anglaise et à ses longs footings. Il ouvre sa portière et d'un hochement de tête me fait signe de monter. Dans la cité, les tours ont des oreilles, je le sais.

– Alors, qu'est-ce qui se passe ?

– Je viens de sortir du placard, et des têtes me cherchent.

– T'as parlé à personne de ta sortie ?

– Non, j'ai calculé aucun de ces mythos.

– T'as une idée ?

– Ouais… Hervé. J'étais chez le coiffeur ce matin, j'ai discuté avec Yazid. Et c'est ce fils de pute d'Hervé. Il me rend ouf ! J'ai envie de le monter en l'air. C'est lui qui m'a balancé. C'est ce bâtard qui me cherche des histoires. Il me prend pour un bouffon !

– Calme-toi. Explique-moi ce qui s'est passé.

– Tu sais quoi, y a des mecs qui tournent en voiture dans le quartier et qui me cherchent. Yazid est venu me dire qu'Hervé s'était vanté de m'avoir fait béton. C'est un truc de ouf !

– Tu sais où on peut le trouver ?

– Ouais, rue Pasteur à Enghien. Il a une Merco devant chez lui.

– Je vais appeler les Serbes avec qui je taffe, ils vont voir s'il est là-bas. Ils peuvent s'occuper de lui. Mais… Tu viens juste de sortir et tu veux passer des cartes à la torture ? C'est vraiment ce que tu veux ?

– Ce Hervé, c'est une putain de balance. J'ai envie de dormir tranquille et de partir sur de bonnes bases.

– De bonnes bases… Comme je t'ai dit, tu es sorti ce matin.

– Je vais reprendre les affaires. J'ai pas envie de l'avoir sur le dos, je sais ce que c'est de se faire donner et je compte pas travailler avec des soucis.

– Vas-y on prend trois mecs. Après y a un billet de quinze mille euros à lâcher pour les chirurgiens. Ils te le lèvent et l'opèrent. Ce sont des pros, mais réfléchis un peu.

– Je les lâche, je m'en bats les couilles ! Je viens de manger dix-huit mois de prison, j'ai perdu du temps et beaucoup d'argent. Je viens de sortir, le mec me pollue, je suis pas une victime. Je veux être là pour m'occuper de lui. Je veux ce bâtard d'Hervé, je sais où le trouver, je payerai ce qu'il faut pour l'avoir en face de moi.

– On fait comme tu veux, mais on va faire ça proprement. Réfléchis quand même, là t'as pas de recul. Une fois que t'es sûr, passe-moi un coup de phone et on fait ce qu'y a à faire. Après ça, on va reprendre les affaires. Reste branché.

Son regard plein d'assurance me fixe.

Je rejoins le groupe des gars du quartier à la cabine. Ils ont la réputation de chambrer, l'un des sports favoris de cité. Parmi eux, Adama, un sacré baratineur, surnommé le maire de Saint-Denis car il est partout et connaît tout le monde. On dit qu'Adama a les clés des cités parce qu'il traîne en bas de tous les blocs et qu'il est au courant de tout ce qui se passe. Houssam, lui, a un blog qui cartonne, il fait de l'oseille avec son truc en commercialisant des tee-shirts. Il est souvent sur Paris avec des meufs. Hafid et Aziz, des jumeaux à fond dans tous les trafics : stupéfiants, voitures, contrefaçons et même produits. Gilles, un Antillais qui a mis tellement de bananes qu'on lui a crevé un œil, on le surnomme Albator. Sofiane est avec eux.

Le cercle s'est formé autour de lui. Ils se vantent de lui avoir fait manger de la nourriture pour chien lors d'une soirée dans un appartement de la cité. Mon cousin négociait une meuf, et les jumeaux, décidés à le hagar, ont mis de la nourriture pour chien dans son assiette de riz. Il a tellement aimé qu'il en a demandé une autre assiette. Les autres, sans scrupule, l'ont resservi puis ont sorti la boîte pendant qu'il dévorait le plat à pleine cuillère. Quand il l'a vue, il a compris et il est parti gerber. Après en avoir pleuré, il a braillé toute la soirée. Les jours d'après, il a eu une forte poussée de boutons sur tout le corps. Les dossiers sur les gars sont énumérés un à un. Des virées nocturnes au bois de Boulogne, en passant par les vacances au Maroc, tout le monde en prend plein la gueule.

En fin d'après-midi, on quitte le quartier pour le sud de Saint-Denis. Sofiane me passe son téléphone.

– Allô l'Ancien ? Ouais, j'ai réfléchi, on roule.

– Très bien. On se rejoint à l'entrepôt où on a l'habitude de ranger le matos.

– D'accord, je serai là dans deux heures.

Juste le temps qu'il me faut pour passer récupérer du cash.

Les rues sont vides. Je retrouve l'Ancien pour lui donner l'argent de la main-d'œuvre. On rentre dans un local pour compter les quinze mille. Des coupures de cent dans un sac de sport. Les trois Serbes sont là, des morceaux de ouf ! Ils font flipper, des corps de combattants de l'UFC avec des tronches de pirates. L'Ancien leur donne les sous. Ils comptent. Le brun regarde les deux autres gars au crâne rasé.

– Prvo cemo provjeriti informaciju. Ako je sve u redu, uzeces pokrov, otecemo coveka sutra ujutro. (*D'abord, on va vérifier l'info. Si c'est bon, tu prends la housse, on lève le gars demain matin.*)

– Jel' ga vodimo u sumu ? (*On l'amène dans la forêt ?*)

– Ne, pobrinutcemo se za njega u Stainsu, u napustenoj zgradi. (*Non, on va s'occuper de lui à Stains, dans le bâtiment désaffecté.*)

– Si le mec est bien là où vous dites, on fait ça demain matin, dit-il à l'Ancien. Je vous rappelle pour vous dire si c'est bon.

Ils nous laissent. Sofiane nous regarde tout excité.

– Bah ouais, faut lui niquer sa mère à ce bouffon !

– Arrête de faire le con Sofiane, on est pas sur une histoire de meuf !

Mon cousin ne répond pas, l'Ancien ne rigole pas.

Le lendemain, on est installés avec mon cousin au 129, une des sandwicheries connues de Saint-Denis. Les gens se déplacent de toute l'Île-de-France pour venir manger ici. On dévore un Hummer, un gigantesque sandwich avec plusieurs steaks entre des tranches de pain de mie, de quoi caler notre dalle de ouf. J'ai sifflé mon repas en quelques minutes. Le téléphone sonne, l'Ancien est au local. On y va !

Le trajet me semble très long, ce n'est pourtant qu'à quelques minutes. Une seconde bouffée de chaleur m'envahit.

– Ça va ?

– Il faut que je le fume, ce bâtard d'Hervé.

– On va le faire, on va le faire ! Faut que tu le défourailles direct. Qu'il comprenne qui on est !

Sofiane me chauffe, il n'a pas conscience des risques et n'a jamais fait de placard mais je sais qu'il est ouf dans sa tête, c'est un soldat. On arrive sur les lieux, à Stains, une commune voisine. Devant nous, le bâtiment délabré est en projet de démolition. On se gare quelques blocs plus loin, et on se dirige rapidement vers la salle d'opération. J'ai encore un mauvais pressentiment, je me retourne, rien, quelques Antillais font un barbecue.

Un gars posté devant l'entrée du bâtiment nous conduit jusque dans l'un des sous-sols de la tour. Au fur et à mesure qu'on se rapproche, on entend des gémissements. Ambiance glaciale. Je déteste la violence et le sang, mais Hervé mérite ce châtiment. Il est dans une grande pièce, une bâche en plastique transparente couvre le sol. L'Ancien et deux autres gars sont là, les Serbes. Hervé est par terre, vêtu d'un slip, il est couvert de plaies, pieds et poings liés, la bouche bâillonnée avec du scotch. Quand il me voit, il comprend que je suis le commanditaire. Il se débat et gémit de plus belle. Mon cousin, excité par le sang et la peur, m'encourage.

– Nique-lui sa mère ! Fume-le !

– La ramène pas, je vais le faire.

– Fume-le !

– Ferme ta gueule, je sais ce que j'ai à faire.

Je suis au-dessus de lui, ce petit bâtard me lance un regard terrifié. À ce moment, j'ai envie de revenir sur mes pas pour éviter tout ça mais je dois aller jusqu'au bout, même si je n'ai jamais buté un mec. L'Ancien, mon cousin et les Yougos m'entourent. La pression et la chaleur montent. Sous le coup des nerfs, je demande un flingue. L'un des chirurgiens m'en donne un. Mes mains serrent la crosse. Je monte lentement le calibre vers le crâne de cet enfoiré. Tous les visages sont tournés vers moi.

Cette cave pourrie, ces outils, ce mec à terre, et moi. La banlieue j'ai appris à la connaître, à l'aimer. Je viens de sortir, mais je retombe déjà dans la spirale. Je ne peux plus revenir en arrière. Quand on parle, on est obligé d'agir, surtout avec les Serbes.

J'appuie. Un, deux, trois, quatre et cinq coups. Le corps d'Hervé est percé. Je suis en sueur, lui en sang. Le bras détendu, le flingue tombe. Quand tu butes un mec, il y a un silence, celui de la mort, une odeur, celle de la merde. Tu te poses mille et une questions, et t'as qu'une réponse : la réclusion criminelle à perpétuité. Entre le moment où tu souhaites sa mort et celui où il l'est vraiment, les choses sont différentes, et ton acte prend tout son sens. Je me sens libéré de ma peur, mais accro à la rage : pourquoi j'ai fait tout ça ? Hervé ne méritait pas ça… Je me dégoûte, mais je ne le montre pas.

– Les gars, enveloppez le corps, vite !

Le macabre silence est rompu, l'Ancien donne les consignes aux chirurgiens. La tension dicte le rythme de nos mouvements et j'étouffe dans cette chaleur insupportable. Les deux Serbes balancent le corps d'Hervé dans une housse et le soulèvent. L'Ancien, qui porte des gants noirs en cuir, s'occupe de la bâche. Sofiane garde son sourire figé.

– On n'a pas beaucoup de temps, alors faut y aller.

– Sofiane, dépose-moi quelque part.

– Vas-y.

– Et Hervé ?

Je me demande ce que va devenir le corps d'Hervé. Comme si j'avais besoin de savoir.

– Il va prendre un bain d'acide. Et plus rien, t'as payé pour ça.

Je ne réalise pas ce qui se passe. Je me suis fait un nom dans la rue avec les vols, et là je suis passé au meurtre. C'était la balance ou moi. Personne n'hésite, et chacun d'entre nous fait ce qu'il a à faire.

– Putain, des mecs, putain ! crie Sofiane de la pièce d'à côté.

– Quoi ?

Trois mecs cagoulés déboulent avec des fusils à pompe et nous braquent.

– Personne ne bouge ! À terre ! À terre !

Tout le monde s'exécute. Les canons des fusils ont dissuadé les Serbes de sortir leurs flingues. Je me suis à peine retourné que je me retrouve en face d'un quatrième mec.

– Mains en l'air, mains en l'air ! Ferme ta gueule, mains en l'air !

D'une clé de bras, il m'immobilise et me passe des menottes.

– Attends, on peut s'arranger, on peut s'arranger !

– S'arranger de quoi ? Avance. Avance !

L'Ancien, mon cousin et les chirurgiens sont au sol. Le type me traîne dans un coin où les autres ne peuvent ni nous voir ni nous entendre.

– Alors, comment tu veux t'arranger ?

– Je sais pas, c'est la merde, j'ai de l'oseille.

– Combien ?

– Deux cent mille.

– Deux cent mille !

Il éclate de rire.

– Tu veux que je fasse quoi avec deux cent mille ?

– C'est tout ce que j'ai.

– Ils sont où ces deux cent mille ?

– Libère-moi et je te les ramène.

– Tu me prends pour un con le Marseillais, c'est ça ? Tu crois que je sais pas ce que t'as coffré, toutes ces cartes que t'as pétées ? Tu sais ce qui se passe là ? On est quatre et c'est chacun sa part. La prison à perpète, ça se paye, et cher.

C'est un keuf ? Son regard n'est pas celui d'un keuf, mais d'un crevard, d'un mec prêt à tout. Je suis dans l'impasse, la seule fois où j'ai voulu arroser un flic, j'ai fini au placard. Et avec ce type-là, si je parle, je vais finir dans un corbillard !

Comment je me suis retrouvé là ?

Première partie

Trafics à Saint-Denis

1998-2005

Et, en quinze ans, la situation dans les cités s'est encore détériorée. Sur les cinquante circonscriptions de police de France les plus exposées aux agressions, trente-sept se trouvent en Île-de-France. La Seine-Saint-Denis rafle les sept premières places du classement des villes les plus violentes.

On dénombre à Saint-Denis près de dix agressions par jour, deux fois plus que partout ailleurs en banlieue parisienne. « Et les auteurs sont de plus en plus jeunes », déplore un responsable local du syndicat Unsa-Police. Selon lui, « la violence entre ados dans certains collèges et lycées du département vire à la prédation ». Bruno Beschizza, le patron de Synergie-Officiers, le dit, en tout cas : « Pour répondre au défi des violences, il faut un véritable plan Marshall et une approche des problèmes qui ne soit pas seulement policière. » […]

Le Figaro[1]

1. Tous les articles de presse présents dans ce livre sont authentiques.

1998-2002

L'implantation du Stade de France à Saint-Denis en 1998 a permis aux plus téméraires d'entre nous de faire des thunes. À treize ans, on brisait les vitres des voitures pour arracher les téléphones et les sacs à main. Un gars de chez nous a dérobé une fois une mallette avec quarante mille euros en espèces, sûrement la recette d'un commerce. Il a claqué les sous au quartier en moins de quarante-huit heures, en jouant le Robin des Bois de la cité. C'est après ce coup-là que les arrachés se sont multipliés, les voleurs espéraient tomber sur une somme équivalente. J'ai découvert l'argent facile à mon adolescence. Je me précipitais dans la rue après le collège ou pendant les heures d'absence des professeurs. De mes premiers vols à la supérette du quartier, à mes larcins dans les caisses du marché de Saint-Denis, j'étais jeune et je repoussais les limites. Je me rendais sur la place du 8-Mai-1945 avec mon pote et complice Diaby. Ma petite taille me permettait de me faufiler partout. Une diversion était mise en place sur le stand du marchand, et je tapais à pleines poignées dans sa caisse pendant que mon acolyte lui demandait des légumes. Bien sûr, il m'arrivait de me faire choper en flag mais je fuyais comme un lévrier. En quelques mois, on était grillés et le secteur du marché nous était interdit, mais on s'était bien gavés. J'étais vif, avec mon pote on montait les marches de la délinquance. À quinze ans, je travaillais Place du Caquet. On était huit voleurs dans ce quartier situé au cœur de Saint-Denis, à proximité de la basilique. Il y avait deux axes importants : la sortie du métro

Saint-Denis-Basilique et la grande surface. Un terrain juteux pour nos vols avec agression qui se comptaient en dizaines par jour. Le centre commercial était couvert par des arcades qu'on utilisait comme lieu de guet. Une fois qu'on avait repéré notre proie, on fonçait, arrachait son bien et disparaissait comme un courant d'air. Le fruit de mon premier vol fut un Ericsson P800. Ce jour-là, j'avais repéré un type qui montait les marches du métro. Il portait un costume sombre et parlait fort, la main collée à son oreille.

– Téma, le mec là-bas. Je vais me le faire.

– Vas-y, c'est parti.

Je descends les marches comme une fusée. Malgré les mouvements de foule autour de moi, je fixe son téléphone et ses doigts. En pleine conversation, il ne prête pas attention à ma présence. Je m'élance puis arrache son téléphone, que je tiens fort dans ma paume. Mon rythme cardiaque accélère.

– Au voleur ! Il m'a volé mon téléphone ! Au secours ! Au secours ! Au voleur, aidez-moi, rattrapez-le !

Après les premières foulées, les cris s'éloignent. Le bonhomme est dans le vent. J'ai réussi mon baptême sans problème, je me sens libre, léger. Je ralentis les foulées et me cache au quartier. Je suis content car je viens de me faire un billet.

Avec différentes têtes de Saint-Denis, on s'organisait, et cette place devenait notre terrain de guerre. La liste des victimes s'allongeait, le nombre de plaintes pour vol explosait. La recette fonctionnait, et nos gains par semaine et par tête s'élevaient à dix mille francs. C'était plus que le salaire de ma mère. Dans la bande, on était huit et on tournait par équipe de deux. La police nous connaissait et nous pinçait de temps en temps, mais nous étions mineurs. On changeait toujours de sapes après un vol pour que nos victimes n'aient pas le temps de nous identifier. Elles ne voyaient que notre dos lors de nos fuites, et les rares signalements étaient trop vagues.

On s'attaquait même aux propriétaires de lunettes de grande marque, Cartier, Chanel ou FRED. On vérifiait que ce n'étaient pas des imitations et c'était parti pour la course. On crochetait, comme on dit dans notre jargon. L'argent nous possédait et devenait notre but principal, on en oubliait les cours. Je redoublai. Et un nouveau plan allait devenir encore plus lucratif.

– Hé, tu penses qu'on peut faire des cartes ?

– Bien sûr. Tout ce qu'on a à faire c'est de se cacher et de bien observer, et ensuite comme pour les téléphones.

– Putain, on va brasser de l'oseille !

Le groupe traquait devant la tirette. Les codes vus et retenus, on arrachait les sacs à main. Le risque était le même que pour le téléphone, alors pourquoi hésiter ? Les bandes de voleurs s'attroupaient, la crème de Saint-Denis se réunissait sur cette place. L'équipe qu'on formait n'allait jamais à la violence gratuite. Le mot d'ordre : courir vite, très vite, toujours plus vite que sa victime et que les flics. Seule la fuite paye !

La police a fini par s'organiser et nous a forcés à nous éparpiller. La place était devenue un point trop cramé, les bleus passaient à pied, et même la BAC patrouillait. On se faisait tous interpeller en flagrant délit, mais, mineurs, on était libérés. Alors avant nos dix-huit ans, c'était le sprint à la criminalité, on avait l'immunité. Récidive sur récidive, telle était notre devise. La délinquance était devenue ma principale activité. Aller à l'école restait une obligation car ma mère était stricte avec moi, mais le manque d'argent au sein de notre famille quand j'étais enfant et les baskets premier prix m'avaient transformé en machine à fric. J'étais devenu un capitaliste. Je faisais preuve d'une ruse et d'une fluidité sans pareille.

Les années passaient et, avec l'argent qu'on amassait, on partait tous les étés en vacances au bled. Le Maroc, ses plages privées et nos nouveaux délires entre potes. J'avais un lien particulier avec mon pays, j'étais nostalgique des vacances en famille, de tous ces moments de l'enfance. Ma grand-mère qui cachait les pots de Nutella et les bouteilles de Coca, quand elle les ressortait, la date de péremption était dépassée ; mon oncle, agriculteur, qui portait un pull alors que la température frôlait les quarante degrés et que je transpirais dans un simple tee-shirt. La période estivale était toujours pleine d'excellents souvenirs et de belles amitiés. Je rencontrais beaucoup de filles. J'étais un grand sentimental. J'aimais l'argent, mais j'aimais aussi les femmes. Partager de la musique avec elles, discuter, rêver. C'est d'ailleurs une copine, Nora, qui m'a fait découvrir la chanson française : Renaud, Obispo, Jacques Brel et bien d'autres. Nous étions souvent ensemble et elle m'avait gravé un disque avec plusieurs morceaux. Je passais mon été à les écouter en boucle. À la cité, j'étais le seul à écouter ce genre de musique. Je peux écouter du rap, mais uniquement dans les moments de speed, entre oufs. La musique française m'emporte, l'écriture et les mélodies me plaisent. Le jour de mes dix-huit ans, je roulais avec ma première bagnole, et les keufs m'ont soumis à un contrôle d'identité. Ils ont fouillé mon véhicule et l'un d'eux m'a demandé ce que je faisais avec autant de disques de variété. Il semblait étonné et a appelé ses collègues. J'ai commencé à leur chanter les paroles de Renaud : *Qu'le bleu marine me fait gerber / qu'j'aime pas l'travail, la justice et l'armée. / C'est pas demain qu'on m'verra marcher / avec les connards qui vont aux urnes. / Choisir qui les f'ra crever.* Ils étaient choqués mais m'ont laissé repartir. À Saint-Denis ou sur les côtes du Maroc, je roulais avec les sons à fond dans la voiture, sans tenir compte du regard des autres qui voulaient jouer les mauvais garçons. Eux écoutent du NTM, et moi Farmer Mylène.

Les saisons passaient et ne se ressemblaient pas. À mes dix-sept ans, on travaillait à trois potes. Saïdou, Alain et moi. On avait grandi ensemble et commis nos premières conneries tous soudés. L'amitié était une valeur importante chez moi et notre équipe était efficace. Après avoir volé des cartes bleues à Saint-Denis, on se déplaçait du côté de la porte de Paris. Le système était identique. Le cash s'accumulait et on ne se faisait presque jamais interpeller. Avec mes deux potes, nos liens étaient tellement forts que rien ne semblait pouvoir nous arrêter.

L'après-midi vient de commencer et un homme retire de l'argent. Je capte son code et fais signe aux autres. Saïdou et Alain le suivent et lui arrachent sa sacoche.

– Au voleur ! Au voleur !

Alain accélère et me largue le sac comme dans un match de rugby. Je rentre dans le hall d'un immeuble et le mec passe devant moi en courant. Je fouille et trouve la carte. Je fonce au distributeur le plus proche et retire deux mille euros. Les autres continuent leur course. Saïdou et Alain se séparent et Saïdou se retrouve face à face avec les keufs, et ce con, au lieu de faire comme si de rien n'était, il se sauve à toute vitesse. Les forces de l'ordre le pourchassent. Au moment où je range les billets, j'entends des hurlements de sirène. Je ne pense pas un instant que c'est pour mes potes.

De retour au quartier, je ne trouve pas les autres. Je téléphone à Alain et tombe sur sa messagerie au bout de quatre sonneries. J'insiste et finis par l'avoir.

– Vous êtes où ?

– On s'est fait courser par les keufs !

– Quoi ? Rejoins-moi à la cabine !

Il m'explique que Saïdou est parti dans l'autre sens et qu'il s'est sûrement fait péter. Je leur avais dit de ne pas se séparer. Je me prends la tête, s'ils l'ont pété il fera du placard. Les heures défilent et je vois déjà le scénario. La prison pour mon pote. Je suis comme un ouf. Un de ses cousins m'appelle et me confirme qu'il est en garde à vue. Je suis brisé. Il va faire de la ferme. Ce Renoi, c'est mon poto, mon frère. Avec Alain, on cotise pour aller donner de la fraîche à son zincou. On prend la bagnole pour aller le voir à Sarcelles. Je lui tends deux mille euros et sa part pour la carte.

– Tiens-moi au courant.

– Ouais, c'est la merde. Je te dis ce qui se passe de toute façon.

– Appelle-moi.

Dans les heures qui suivirent, les nouvelles furent mauvaises. Sa garde à vue avait été prolongée. J'avais un point au ventre, envie de pleurer. Il partait en zonpri. On n'en revenait pas, notre météo du moral était grise. La vie de notre pote prise par la justice, pour finir dans les fosses septiques de la prison. Ses cousins nous disaient qu'il était à Fleury. On retournait leur donner de l'argent. Pourtant, à aucun moment je ne reculais en me disant : c'est fini les conneries.

Trois semaines sans nouvelles. On continuait les vols avec Alain mais notre pote restait dans nos têtes. On espérait se racheter en alimentant sa famille avec du cash.

Alors qu'on revient d'un coup, on croise un pote du lycée. Alain met les warnings.

– Alors les gars, quoi de neuf ?

– Rien, on est là, t'as vu.

– Il va bien le gros Demba ? C'est un ouf, l'autre fois je l'ai vu avec un morceau de meuf, il a pas honte de sortir avec des machins comme ça, c'est plus un tarpé qu'elle a sa meuf, c'est un douze tonnes.

Lui, c'est un mytho de première. Au quartier on l'appelle Kaizer Saucé, rien qu'il raconte des histoires.

– Et Saïdou, il a déménagé ou quoi ? Il est toujours vers chez moi.

– Quoi ? Saïdou ? Non. Tu te trompes. Il habite toujours chez nous mais il est pas là en ce moment.

– Attends qu'est-ce que tu me racontes, je l'ai croisé hier avec des Renois au McDo de Sarcelles.

– Qu'est-ce que tu racontes t'es un ouf ? Il est au placard depuis trois semaines.

– Sur la tête de ma mère que je l'ai vu au McDo hier, il était avec des mecs. Je suis pas un ouf. Il est au placard chez lui ouais. C'est un mytho le man.

Putain, truc de ouf. J'abrège notre conversation et remonte dans la voiture, on roule jusqu'à la première cabine téléphonique.

– Allô ? Le Marseillais. J'ai pas de nouvelles.

– Fils de pute ! T'as pas de nouvelles ? Enculé de ta grand-mère !

– Attends le Marseillais, qu'est-ce que tu racontes ?

– Il est pas au placard. Bande de bâtards ! Bande de bâtards ! Vous avez fait ça pour gratter un billet ? Bande de clochards !

– On était en galère, on avait besoin d'argent et, en plus, Saïdou pouvait plus, je te jure.

– Écoute fils de pute, vous êtes des gros clochards !

On hallucinait. Il avait fait croire qu'il était au heb's pour gratter cinq mille euros. C'était le prix de notre amitié ? À mes yeux elle n'en avait pas. Les jours suivants, on a commencé à revoir Saïdou. Il baissait la tête, mettait ses mains dans les poches et ne disait rien. La colère s'était transformée en soulagement, car dans le fond, il n'était pas incarcéré et je préférais ce scénario. On se checkait, en un geste j'oubliais ma haine.

– Wallah, c'est pas bien. Pourquoi t'as fait ça ?

– Je sais refré, j'ai fait n'importe quoi. Je suis tebé, franchement j'ai mal pensé. Je suis désolé.

– C'est clair, pour un billet, sa mère.

Après ce sale coup, il n'a jamais recommencé. Ce truc nous avait finalement rapprochés. On connaissait les limites à ne pas dépasser car on les avait atteintes. Je savais que l'argent rendait les relations étranges. L'argent pourrit les gens déjà pourris. Mais, moi, je niquerai tout.

La psychose dans le XIXe arrondissement de Paris va enfin prendre fin. Le gang responsable de multiples agressions, dans la rue ou au domicile de particuliers, a fini par tomber dans les filets de la police parisienne. Quatre jeunes âgés de 19 à 20 ans suspectés de huit vols très violents, notamment au domicile d'habitants des XIe et XIXe arrondissements, ont été interpellés mardi à la cité Curial (XIXe) et placés en garde à vue. Ils ont été mis en examen par la juge d'instruction Isabelle Couzy pour « vols, vols avec armes, extorsions avec armes et extorsions accompagnées de violences ayant entraîné une incapacité totale de travail (ITT) de plus de 8 jours, le tout en bande organisée, et séquestration suivie de la libération de la victime avant le septième jour ». Ces qualifications criminelles sont passibles de vingt ans de prison. Les quatre personnes devaient être présentées dans la soirée à un juge des libertés et de la détention (JLD) qui doit se prononcer sur l'éventualité de leur placement en détention provisoire qui a été requis par le parquet. « Mon objectif, c'est qu'ils soient également poursuivis des chefs de torture et actes de barbarie », a expliqué à l'AFP Me Philippe Valent, avocat de l'une des victimes sur laquelle les agresseurs présumés se seraient acharnés « gratuitement », après avoir obtenu son code de carte bleue. « C'était d'une barbarie inouïe et inutile », a-t-il dit. Interrogé sur France info, le jeune homme a raconté avoir été braqué par trois hommes à la sortie d'un cinéma quai de Loire, dans le XIXe arrondissement de Paris, et conduit dans la cave d'un immeuble voisin. « Leur objectif, c'était d'avoir mes codes de carte bancaire pour tirer de l'argent avec. Pour bien être sûr que je donnais les bons codes, à trois, ils se sont acharnés à coups de crosse de revolver sur le crâne. Ils m'ont brûlé une cigarette sur la peau et m'ont tordu un doigt et ont failli le casser. Ils m'ont foutu quasiment à poil à quatre pattes avec une tentative de viol. Ils ont simulé mon exécution à l'arme à feu en pointant le canon du revolver sur la nuque », a-t-il raconté. Depuis le 24 septembre, les policiers de la 2e division de police judiciaire (2e DPJ) enquêtaient, dans le cadre du plan contre les vols à main armée, sur une série de vols très violents commis au préjudice de huit hommes seuls âgés de 19 à 65 ans. C'est grâce à l'exploitation de données de téléphonie mobile et à une empreinte retrouvée chez une victime que les agresseurs présumés ont pu être interpellés mardi dans la cité Curial. Agissant souvent par trois, les agresseurs, le visage encagoulé ou dissimulé par une écharpe, abordaient leurs victimes dans la rue puis les suivaient parfois à leur domicile. Une fois sur place, ils n'hésitaient pas à les ligoter, les menacer avec une arme de poing, les gifler, les frapper. Ils faisaient ensuite main basse sur les biens de leurs victimes, téléphones portables, consoles de jeux, argent et cartes bancaires, n'hésitant pas à devenir très violents pour leur extorquer le code confidentiel pour retirer ensuite de l'argent. L'une des personnes agressées a eu une interruption totale de travail (ITT) de 30 jours, un autre homme, également frappé violemment, 20 jours d'ITT.

Le Parisien

2003-2004

J'étais au quartier. Manuel, alias Many, un voleur parisien, racontait ses délits et ses gains à l'un de mes potes. À la marque de sa montre, de sa voiture et de ses sapes de luxe, je savais qu'il ne mentait pas. Il usait de techniques infaillibles et opérait sur la capitale. Je me rapprochais d'eux et rejoignais la discussion. Il me proposa d'être son complice, j'ai tout de suite su qu'il y avait un max de fric à faire avec lui. En quelques jours, il m'apprit ses méthodes de travail. L'objectif, prendre la carte à tout prix. À Saint-Denis on volait avec ruse, lui volait avec violence : tous les coups étaient permis. Si sa victime ne lâchait pas son sac, il cognait avec les poings. Si elle résistait aux patates, il la piétinait avec la semelle de sa chaussure. Si elle ne comprenait toujours pas, il balançait des coups de coude. Many me formait, mais il faisait de sales trucs.

Ses méthodes ne me correspondaient pas, on aurait dit un schlague, un toxicomane. Je ne disais rien car je donnais aussi des coups puissants pour prendre mon salaire. Œil pour œil, sous pour sous.

Le quartier ne changeait pas, les mêmes maux, les mêmes galères. Je ne voyais pas tout ça, car ma vie, elle, avait changé. J'en faisais profiter les miens et aussi les mômes, à coups de billets de cinquante euros. Je ne vivais plus à la maison. Je disparaissais pendant des jours entiers. De temps en temps, je sortais avec mon frère pour le couvrir de cadeaux. J'étais en train de me faire un max de blé, et avec Many tout fonctionnait à merveille. Les liasses dans ma planque s'accumulaient, les billets rangés dans l'ordre et dans le bon sens. J'aimais regarder et compter tout ce fric, être organisé. Le fruit de mes délits se chiffrait déjà en dizaine de milliers d'euros, mais mon ambition visait les centaines de milliers.

Many était de plus en plus violent, et même si c'est ce qui m'avait permis de prendre pas mal de billets, j'étais sceptique sur la durée de vie de notre collaboration. À Saint-Denis, tout le monde me respectait parce que je roulais dans un bolide et j'avais les poches pleines de liquide. Jusque dans les boîtes parisiennes, les gens parlaient de moi, j'arrosais tout le monde. Les mecs véhiculaient ma réputation et mon surnom : le Marseillais. J'avais la main, j'étais aussi doué, voire plus, que les voleurs du Sud.

Les seuls qui ne m'aimaient pas étaient quelques jaloux que ma réussite dans le crime énervait. Yazid, l'artiste, petit vendeur de shit, en faisait partie. Mon audace le dérangeait, il voulait tout savoir sur moi. Les rares fois où je revenais au quartier et qu'il me voyait, il me provoquait. Il a même braqué une arme sur mon pote Alain pour une baston de regard. Quel chien !

Je m'arrête avec ma nouvelle caisse au niveau des cabines téléphoniques. Les mecs sont réunis en petits groupes. Certains gèrent leurs affaires, d'autres tuent l'ennui en regardant passer les meufs.

– Téma, c'est la nouvelle de la cité.

– Ouais, elle est fraîche, un truc de ouf.

– Vas-y mon frère, tu crois tu vas faire quoi ?

– T'inquiète, beau gosse mon pote ! Je suis pas abonné à la Thaïlande comme toi. Tu connais que ce pays mon frère.

– T'sais quoi ? Je parle plus avec les meufs d'ici. En Thaï, c'est direct, tu parles même pas.

– Lâche-moi avec ta Thaïlande, jamais je payerai des putes, mon frère. C'est sale ! Regarde ton refré, il a quatre gosses là-bas, et toi tu le suis.

– Nique ta mère ! Ton père il a huit gosses ici, et y en a aucun qu'a un diplôme, à part un CAP voleur… Et encore !

– Qu'est-ce tu parles mon frère ! Ta mère, elle a un CAP gros tarpé !

Les gars se pliaient de rire, car la mère du poto était ronde. Putain quelle phase de bâtard, un CAP gros tarpé.

Yazid est là, en train de peindre un mur. Il dessine un pit-bull, le chien a la même gueule que lui. Il joue avec sa bombe de peinture devant ma voiture. Je ne dis rien, pour qu'il me laisse tranquille, mais il lâche un spray sur ma portière droite.

– Putain, mais pourquoi tu fais ça t'es un ouf, va peindre sur les murs !

– Je vais te repeindre un jour, petit pédé. Tu te prends pour un chaud parce que t'as du fric mais tu l'emporteras pas avec toi, et surtout, surveille ta planque.

– Pourquoi tu fais ça Yazid ?

– Parce que t'es un petit, et tu resteras un petit. On me respecte moi. Je t'ai vu grandir.

– Laisse tomber.

Il me bouscule, je lui mets une patate. Il s'effondre, sa bombe tombe au sol. Il se lève et part. Je suis content, j'ai répondu à ce chien. Il a compris.

Mais il revient vers moi, il tient quelque chose dans son dos. Je me prépare à me défendre. Yazid sort un calibre et le pointe sur moi. Au milieu de nos tours, j'ai un calibre braqué sur moi ! Les autres interviennent.

– Yazid, arrête. Yazid, fais pas le ouf avec des calibres, mon frère.

Khaled, qui passait, sort de sa voiture pour le calmer. Depuis que je suis petit, Yazid me provoque. Alors que d'autres gars du quartier s'interposent, je le regarde avec haine. Il n'est pas près de me lâcher. J'ai envie de lui faire cracher ses dents. Je quitte le quartier avec la rage au ventre. Personne ne comprend ses réactions. Certains disent que c'est à cause des joints qu'il fume comme des cigarettes, et qu'il n'a plus toute sa tête. Yazid a surtout un gros problème, il n'a jamais assumé d'avoir dénoncé ses complices et d'être une balance de plus à Saint-Denis. Une donneuse.

Many continuait à travailler avec ses méthodes mais j'optai finalement pour une autre stratégie et, quelques jours, après mes dix-neuf balais, j'arrêtai de bosser avec lui. Je réfléchissais depuis quelques semaines à une manière de durer dans ce métier. Après avoir cogité, je compris comment gagner de l'argent pour un long moment : la peur ! Je maîtrisais les bases du vol et je décidais de jouer des personnages face à mes victimes. Je pris un gars de chez moi pour le former. Je tournais sur Paris, repérais et subtilisais les cartes de crédit. Je remplaçais la carte volée par une autre expirée sans que ma proie ne s'en rende compte.

Le soleil venait de se coucher, je n'avais pas fait de cartes. Je proposais au gars de mon quartier, un Renoi baraqué, de faire un tour à la Fnac des Champs-Élysées qui fermait à minuit, avant de rentrer sur Saint-Denis. J'avais envie d'acheter le disque *Mistral gagnant*. Dans les bacs : Aznavour, Brel, Dalida, Michèle Torr et Renaud ; mes doigts triaient les albums. Mon pote a pris deux disques, un de Booba et un autre de Rohff. Il écoutait beaucoup de rap français. J'avais dans la tête les paroles de la chanson : *À m'asseoir sur un banc, cinq minutes avec toi / Et regarder le soleil qui s'en va. / Te parler du bon temps qu'est mort et je m'en fous / Te dire que les méchants c'est pas nous.*

On est dans la file d'attente de la caisse. J'entends un éternuement et je vois cet homme, la quarantaine, avec un imperméable beige, qui sort de son porte-carte Louis Vuitton une Visa Infinite. Il compose son code, que je grille. L'enjeu est de neuf mille euros. Je pose le disque et fais signe à mon pote qui comprend tout de suite. Je suis le type vers l'ascenseur du parking. Mon pote retourne à la voiture et attend mes consignes. Dans l'ascenseur, un couple entre avec nous, je me fais le plus discret possible. Le type sort au troisième sous-sol, je le suis mais fais mine de prendre la direction opposée. Il ouvre sa voiture à distance. Une putain de Mercedes ! Le quadragénaire monte dans sa berline et se dirige vers la sortie de la rue de Ponthieu. Mon cœur bat plus vite que celui d'Usain Bolt dans ses sprints. Prendre sa carte et retirer les neuf mille. Je cours derrière sa grosse caisse et sors de ma poche mon téléphone pour indiquer la sortie qu'il va prendre. Putain, pas de réseau ! J'ai peur de laisser échapper tout ce fric. Second sous-sol, toujours pas de réseau. Mes yeux partent et reviennent comme une balle de tennis entre le trajet du type et l'écran de mon téléphone portable. Premier sous-sol, il va m'échapper. Putain, enfin du réseau.

– Vite, rejoins-moi à la boutique SFR. À l'angle des Champs, j'arrive !

Quand la Merco sort du parking, mon acolyte est juste là. La sueur dégouline de mon visage jusque sur mon cuir. J'ôte ma veste tout en gardant un œil sur la caisse noire ; je regarde mon pote en répétant avec un large sourire :

– C'est bon ça, c'est bon ça !

Nous roulons sur le rond-point de l'Étoile, descendons l'avenue Kléber avant de s'arrêter devant le parking d'un immeuble du XVIe arrondissement. Le conducteur attend l'ouverture de la porte. On est à quelques mètres de lui.

Il descend dans le sous-sol. Je quitte le véhicule et empêche la fermeture du garage. Je le suis au bruit des pneus. Mon pote me rejoint et on applique le plan établi pendant le trajet. On arrive devant la victime, et mon collègue le saisit par le col. Son visage se décompose à la vue de ce golgoth qui l'agrippe et le bouscule.

– Fils de pute, je vais te défoncer !

Je pousse mon complice, palpe la poche intérieure du type, subtilise sa carte et la remplace par une autre. Pris de panique, il n'a rien senti. Il tend les clés de sa bagnole.

– Vous voulez quoi, ma voiture ? Prenez-la, je vous la donne !

– Monsieur, on n'est pas des voleurs !

Je remets son portefeuille.

– Mon pote s'est fait insulter et il est complètement déchaîné, mais monsieur on n'est pas des voleurs !

Le mec est encore sous le choc. Nous prenons la fuite. J'imite la voix du mec : « Mais que faites-vous, voyons, je vous donne ma voiture. » On éclate de rire. On s'arrête en face du distributeur le plus proche. La carte me donne huit mille cinq cent, mille par retrait. Après en avoir déposé une partie, on rejoint des gens dans une chicha sur Paris.

La soirée s'est terminée avec d'autres amis sur de la musique R'n'B, orientale et funky. Affalé dans des canapés marocains, chacun de nous raconta sa journée et ses aventures. L'un était dans le cannabis, l'autre dans la cocaïne. Si je ne me suis pas mis dans les stups, c'est parce que je n'ai jamais voulu investir de fric. J'aime le bénéfice net, sans apport. Je finis ma nuit dans un hôtel avec une fille qui me tournait autour. Ce genre de meuf qui aime les histoires de deal et que t'attires avec une liasse. Je retournai au travail le lendemain matin. Seul le crime paie, et en milliers d'euros.

Samedi 18 juin 2005, 20 h 48
Saint-Denis

Mon mariage religieux se déroula le jour de mes vingt ans. J'étais assis dans le salon avec la famille et les proches. Khaled et l'Ancien, vêtus de costumes haute couture, venaient de nous rejoindre. Nous n'attendions plus que mon cousin, qui était mon témoin. Sofiane avait deux heures de retard ! J'étais vénère : même un jour aussi important, il se permettait de faire le con. Il avait emprunté ma Mercedes. On avait passé la journée ensemble à faire les courses pour ma mère, pour qu'elle prépare le repas. Il m'avait supplié de lui prêter les clés pour aller voir une copine. J'avais refusé, mais il m'avait pas lâché, et m'avait juré d'arriver pour dix-neuf heures. Putain, quel mytho ! Un léger malaise régnait dans la pièce, les regards se portaient sur moi comme si j'étais responsable. Incapable d'annoncer l'heure d'arrivée de Sofiane, son père lui avait téléphoné plusieurs fois. Il tombait sur sa messagerie.

Mon oncle me regardait, il hochait la tête.

– Adak l'rhmal.

J'envoyais des textos en scred, mais l'accusé de réception m'indiquait que son téléphone était éteint. La sonnerie de l'interphone a finalement retenti, mon petit frère a décroché. Sofiane a filé dans la cuisine saluer ma mère pour esquiver la tension. Mon oncle et moi, on l'a rejoint.

– Rhalti, ça va ?

– Sofiane, t'es vraiment un ouf !

– Tranquille, j'étais pas tout seul. Gros, j'ai eu une galère.

– Qu'est-ce que tu foutais encore ? Tu respectes même pas la famille !

Son père a levé sa main, ma mère l'a calmé.

– Mat'cheum. Dir adak chi lyom ! Rhmal kider ! (*Il n'a pas honte. Faire ça aujourd'hui ! Quel âne !*)

– Wallah j'ai eu une galère, papa, ma voiture est tombée en panne.

– Et alors, ton téléphone ? T'appelles et c'est tout.

– Mais j'avais plus de batterie !

J'ai apaisé son père et pris Sofiane à part dans le couloir.

– T'es un ouf, toi !

– Gros, je sais mais j'ai laissé ma meuf en bas… Je pouvais pas.

– Tu peux pas venir tout seul ? Faut que t'arrêtes avec tes histoires de meufs. En plus tu vas voir la daronne pourquoi ? C'est qui cette meuf ? Tu rends ouf !

– C'est celle du Man Ray. Poto, elle est fraîche chaud. Je peux la faire monter, tu dis que c'est une voisine ou quoi…

– Putain, mais t'es un fou ! Tu veux faire monter une tassepé ? Chez moi ? Le jour de mon mariage ? T'as aucun respect pour les parents ou quoi ? Attends, et en plus elle est habillée comme à la soirée quand on l'a vue ? Mais, même pas en rêve, elle monte !

– Wallah, elle est sapée bien. Un peu léger, mais bien. T'inquiète !

– Elle reste dans la voiture, j'm'en bats les couilles ! J'espère que t'as pas fait de truc chelou, là y a l'imam.

– T'inquiète, je l'ai pas touchée et j'ai fait mes ablutions.

– Franchement, t'es relou !

– Refré, arrête. Je vais pas pouvoir la négocier après. Je lui dis de monter, comme ça je lui dis que c'est nous les prochains, qu'on va se fiancer, comme ça c'est réglé direct ! Elle est mortelle la meuf !

Ma mère s'est approchée.

– Qu'est-ce qui se passe les garçons ? On va commencer le repas. Sofiane t'as deux heures de retard ! Il est déjà vingt et une heure !

– J'ai une amie dans la voiture, Rhalti.

– Ouah ! Inta rhmak ! (*T'es fou !*) Y a pas de fille qui monte ici. Sofiane, faut arrêter avec les filles. Fais comme ton cousin, pense à te marier avec une fille de chez nous, sérieuse. Ouah !

– Bah ouais. Mouais. Maboul ada ! (*Mais il est fou celui-là !*)

Sofiane et moi sommes retournés nous installer dans le salon avec la dizaine d'hommes présents. Les femmes étaient réunies dans une autre pièce avec ma fiancée. Ma mère a apporté le couscous chez les femmes. Mon oncle et mon cousin assuraient le service dans le salon. L'ambiance était très masculine, les darons, dans des costumes bon marché, avaient des gros cheveux et des grosses moustaches. Ils parlaient du bled, de la douane et du coût de l'immobilier. On a posé les couverts, la sauce et les boissons. J'ai croisé Khadija qui allait dans la salle de bains. Ma fiancée et moi venions du même bled au Maroc. Nous avions le même âge. On s'était rencontrés deux ans auparavant sur la plage de Casablanca, pendant la période estivale. Je l'avais abordée parce qu'elle se moquait de ma teinture blonde. J'avais craqué sur elle. On avait passé l'été à se balader sur les plages du bled, avec les chansons d'Aznavour, de Brel, d'Obispo. Elle aimait mon romantisme. C'est six mois plus tard qu'elle a découvert qu'en plus d'être un grand romantique, j'étais un grand voleur. Elle n'aimait pas ces histoires de cartes et me suppliait d'arrêter. Je comptais cesser ce boulot mais à ce moment je faisais un métier qui me plaisait et rapportait gros.

Khaled souhaitait déchirer le couscous. Il ne ressemblait pas à un Rebeu car il avait une tête d'Hispanique et des yeux bridés. Au quartier, on l'appelait le Chinois. Il mesurait un mètre quatre-vingt-cinq, pesait quatre-vingt-cinq kilos, que du muscle. Il était impressionnant.

– Petit hagar, ça va ? Tu vas t'en mettre plein le buffet, hein ?

– Mais même s'il s'en met plein le buffet, il prend pas en graisse, le petit, répondit l'Ancien.

Je souriais mais gardais un œil sur mon cousin, qui m'avait rendu ouf.

– Khaled, tu reboxes bientôt ? lui demande l'Ancien.

– Franchement, je sais pas. La boxe, c'est dur. C'est les mêmes promoteurs qui tiennent tout. Si y a un combat ouais, mais pour l'instant y a rien, t'as vu.

– Et Jeremy, ça se passe bien pour lui ?

– Ouais. Il a bien progressé. On est partis courir ensemble ce matin. Il va décoller, c'est une force de la nature. Dire que je l'ai vu gamin, il arrachait les téléphones au feu rouge, et qu'aujourd'hui c'est une star qui met tous ses adversaires KO Putain, c'était un monstre. Il avait faim. Maintenant il s'est calmé, il a fondé une famille. Haimdoulah pour lui.

La table était enfin prête, avec le gigantesque plat de couscous au centre. L'imam a récité des sourates et a fait des douas. Puis il a pris sa cuillère et a donné le top départ du repas.

– Bismillah !

Tout le monde a répété après lui. Les darons, Khaled et l'Ancien, cuillère à la main, ont commencé à faire des allers-retours avec la semoule fine accompagnée de sauce, de pois chiches et de viande bien tendre. Le couscous de ma mère était vraiment délicieux.

Je profitais vraiment de ce moment-là. Mon cousin faisait un peu la gueule parce que sa meuf était restée dans la voiture. Après quelques vannes de Khaled, il l'avait oubliée.

Mon oncle, mon cousin et mon petit frère ont débarrassé la table. Ils ont ensuite posé une corbeille de fruits : oranges, bananes, raisin et figues, puis un plateau avec des verres et une théière en métal. Mon oncle a mis du sucre et rempli des verres qu'il reversait dans la théière. Il a goûté en aspirant avec un grand bruit. Il a servi le thé à la menthe. Ça, c'est le whisky marocain. La petite potion magique de la haja !

Après ce festin, les invités étaient rassasiés. Les hommes ont laissé quelques minutes passer avant de commencer à faire des chants religieux. Au son de leur voix, j'avais la chair de poule. Je commençais une nouvelle vie, avec la femme de ma vie. C'était bizarre de se marier, ça n'avait rien à voir avec ces trucs qu'on voyait à la télé, avec des grandes robes, c'était juste un repas avec les témoins et la famille. Je kiffais. J'étais pressé de me retrouver avec Khadija.

L'imam a interrompu les chants. Il a regardé les témoins : Khaled et Sofiane. Des hommes pieux l'entouraient. Il y avait mon oncle, mon père et quelques voisins qui allaient avec eux à la mosquée le vendredi. L'imam a débuté la célébration du mariage par un sermon en arabe avec des formules de louanges à Allah. Il demandait la bénédiction en faveur du prophète Mouhammad et récitait quelques passages du Coran. Il a demandé au représentant de la mariée, son père, s'il acceptait notre mariage. Il a donné son approbation et m'a demandé si j'acceptais de prendre sa fille pour épouse. J'ai répondu oui. Il m'a rappelé la dot, et le mariage a été conclu. Les hommes se sont mis à réciter des passages et à chanter.

L'imam a fait des invocations en notre faveur : « Bâra-kallâhou lak wa bâraka' alayk wa djama'a baynakoumâ fî khayr. » (*Qu'Allah t'accorde Sa bénédiction, et qu'Il envoie Sa bénédiction sur toi et vous unisse tous les deux dans le bien.*) Les hommes présents prononçaient « Amine » à chacune de ses invocations.

La célébration du mariage s'est terminée vers deux heures du matin. Khaled et l'Ancien se sont levés de table, ils étaient fatigués. Je les ai accompagnés jusqu'au palier. Ils m'ont laissé une enveloppe.

– Tiens, c'est pour Khadija et toi.

– Félicitations, mach'Allah.

– Barraklofik.

Je les ai serrés dans mes bras. L'un était mon grand frère, l'autre comme mon père. J'avais toujours pu compter sur eux. Sofiane, il s'était pris la tête avec sa meuf qui était restée plus de quatre heures dans ma voiture. Il n'a pas fait d'arts martiaux avec elle, et s'est même embrouillé parce qu'ils sont rentrés à pied, j'avais besoin de ma caisse et je pouvais pas le laisser partir cet enfoiré. Khadija et moi sommes rentrés dans l'appartement que je louais dans le XIXe arrondissement.

– Ça va ?

– Oui, Haimdoulilah.

– Ta mère est vraiment géniale.

– Attends, c'est pas ma mère pour rien !

– Oui, j'espère que tu vas penser à te calmer avec tes trucs.

– Steuplait Khadija, laisse-moi tranquille avec tout ça.

Deuxième partie

Caillera Ascension

12 octobre 2006-27 novembre 2006

Jeudi 12 octobre 2006, 5 heures
Saint-Denis

La banlieue nord a le sommeil agité et ne va pas tarder à se réveiller. Dans cette paisible commune de Seine-Saint-Denis, une voiture circule entre les tours, les pavillons et les murs marqués par des graffitis aux angles droits et aux couleurs ternes. Elle longe la ligne de tramway qui relie Saint-Denis à Bobigny, s'arrête sur le parking d'un centre commercial, à hauteur d'une Peugeot 307 noire, entre de vieilles barres HLM rectangulaires et des logements neufs en forme de cube. Les passagers sortent, ouvrent le coffre et tirent trois gros sacs qu'ils transfèrent dans la malle arrière de la Peugeot. Le type méditerranéen, c'est Stéphane. L'autre, le métis, c'est Michael. Ils se dirigent vers le chauffeur, Mounir Sadi. Il est debout contre la carrosserie. Traits marqués, crâne rasé. Il termine sa clope, qu'il jette par terre.

– Ça va Mounir ?

– Ouais.

– Qu'est-ce que t'as ? Le ptit fait pas ses nuits ?

– Les gars, j'en peux plus.

– T'en peux plus ? Avec quoi t'as acheté ton pav ? Avec quoi tu nourris ton gosse ?

– On vient de te fournir cinquante litres de poudre et trente litres de shit et tu nous fais la gueule !

– Il faut que je bicrave tout le temps. Et les mecs de la cité ont des doutes sur moi. À chaque fois vous me faites le coup, mais j'en ai marre d'être tenu par les couilles.

– On dirait que tu les as perdues tes couilles. Tiens Michael, t'entends pas des bruits de testicules ?

– Ouais, on dirait que ce sont ceux de Mounir.

– Vous êtes marrants.

Le visage du flic se noircit.

– T'as balancé, t'assumes maintenant. On n'est pas des assistantes sociales, hein Michael ?

Mounir s'apprête à remonter dans son véhicule.

– Vous me fatiguez.

Stéphane lui balance une grosse claque sur la joue.

– T'es un fou, toi ! La tête de ma mère…

Le flic balance une seconde tarte. La tête de Mounir valse encore.

– Calme-toi Mounir ! Calme-toi ! Quand t'as donné ton pote Sérigné, tu pleurais pas ! Hein ?

– Tu te plains que t'en as marre mais, en ce moment, c'est grâce à qui que Sérigné est dans nos filets ?

Mounir baisse la tête.

– Qui est venu nous voir et nous a suppliés de le piéger ? Qui ? Tout ça parce qu'il avait une plus grosse caisse que toi !

– T'es jaloux de lui. Alors qu'il n'a donné personne. On t'accepte comme t'es. T'as voulu jouer dans notre cour, tu assumes et tu arrêtes de te plaindre. Putain de merde !

Mounir acquiesce en silence, la joue gonflée.

Être une balance, ce n'est pas si simple. Mounir Sadi travaille avec ces deux flics depuis maintenant deux ans. Il est passé à table après son arrestation. Sa femme était enceinte, il a pensé à elle et à son futur gosse. Depuis sa GAV et ses aveux, les deux flics de la SDPJ 93, avec l'aide de complices, le chargent de vendre les saisies détournées dans différents services de police.

Les flics prennent les scellés que leur capitaine n'emporte plus à l'incinération. Ils remplacent l'herbe de cannabis par de la paille et l'héroïne par du paracétamol réduit en poudre pour dissimuler les prélèvements. Cet incroyable trafic prospère depuis des années. Mais l'indic en a marre de cette vie. Il faut qu'il vende tout le temps, et qu'il balance des dealers. Il est devenu leur esclave. Le genre de mec détestable pour les trafiquants, et formidable pour les Stupéfiants. Stéphane est l'un des maillons forts du réseau. Narcissique, autoritaire et manipulateur. Michael est l'un de ses sbires, il tempère la cruauté de son collègue, ses excès de violence. Avec ce petit trafic, Mounir a remis entre cinq et six millions d'euros à ces ripous. Il est à cran car il a donné son meilleur ami, Sérigné Mbana. Un dealer en pôle position à Saint-Denis, juste derrière la plus grosse famille, les Bensama.

La porte de la 307 claque, la balance quitte rapidement le parking. L'opération n'a duré que cinq minutes, gifles comprises. Les deux flics le regardent partir et remontent dans leur voiture. Les pneus crissent. Le paysage est gris. Du béton sans couleur, du métal oxydé, et des marques de peinture sur les murs. Sur le chemin du commissariat, Stéphane est songeur.

– Tu penses qu'il va craquer ?

– Oui, je crois qu'on l'a usé.

– Qu'est-ce qu'on fait ?

– Tu le crois capable d'aller à l'IGS ?

– Non, il a une famille. Mais je vais pas attendre qu'il craque.

– Tu sais qu'à Strasbourg y a un réseau qui est tombé.

– Ouais, ils ont pris dix piges. Le type, c'est Stuber mais ce mec a eu tout faux. Il était avec une greffière et jouait au casino.

– Un gars de là-bas m'a dit que le type était accro et qu'il faisait des films pornos avec sa maîtresse.

– Putain, quelle bande de déglingués.

– Il était endetté, même avec ses trafics.

– Y a des mecs, j'sais pas comment ils réfléchissent…

– On se fait un casino ?

Leur rire résonne dans l'habitacle.

De retour dans les bureaux de la SDPJ, ils sortent un mec de cellule et l'emmènent dans la salle d'interrogatoire. Il est six heures du matin, le suspect est entre les pattes des deux inspecteurs de la BAC depuis plus de quinze heures. Les néons en pleine tronche, il n'a rien mangé ni rien consommé depuis son interpellation, à part quelques tartes. Les deux flics ne le lâchent pas, ils veulent un nom. Il est fatigué, ses cernes et ses joues se creusent, sa barbe commence à pousser.

– Je suis pas une donneuse…

– Donner qui ?

– Tu crois qu'on ne sait pas ! Tiens.

Sur la table du bureau d'interrogatoire, un dossier. Des photos et un dictaphone. Michael met l'appareil en marche.

– Écoute ordure.

Il reconnaît la voix de son frère cadet, Moussa. Le frangin a été arrêté pour une affaire de meurtre et de drogue. Il risque perpétuité. Pour éviter le ballon, il explique dans l'enregistrement comment la famille Bensama et son grand frère Sérigné travaillent main dans la main. Il balance des noms. Les yeux du suspect sont grands ouverts.

– Tu penses à ta mère ? Trois de tes frères sont au placard. Il ne reste plus que toi. Si tu nous balances la famille Bensama, tu ne plongeras pas. Tu crois que tes potes vont t'envoyer de la fraîche ? Tu crois qu'ils vont aller au marché pour ta daronne…

Il n'a fallu que vingt-quatre heures pour convaincre le suspect de donner les noms et les lieux. Stéphane et Michael ont l'art et la manière de faire parler même les mecs les plus vénères.

Malgré ses grosses thunes, Stéphane ne peut s'empêcher de chercher encore plus de billets, de faire parler les soi-disant plus chauds, de manipuler les plus faibles, d'exécuter les voyous ou ceux qui peuvent lui barrer la route. Il est dans une perpétuelle course-poursuite avec la mort et la vie. Un pourri dans toute sa noirceur, moisi sur toute la longueur.

Il aurait pu se contenter d'être un simple flic : faire des rondes avec ses collègues, rédiger des verbalisations, assurer la circulation et quelques interpellations. Non. C'est un rageur, un ripou, un boxeur, un ambitieux, un vicieux. Il aime détruire ses ennemis, leur montrer qu'il est plus fort qu'eux et les prostituer pour faire des billets violets. Il a fait ses classes en tant que militaire, engagé dans l'armée de terre. Stéphane y a fait connaissance avec la violence, les armes et la came avant de s'engager dans la police. Après quatre ans de bons et loyaux services, il est devenu inspecteur au Service départemental de la police judiciaire. Il y a rencontré Michael, qui est devenu son acolyte et principal associé. Michael n'est pas un vrai méchant, c'est un type blessé par la vie, embarqué dans le vice.

Sérigné informe les flics :

– Saïd contrôle les barres.

– C'est quoi leur organisation ?

– Les trois frères, chacun a un rôle. Saïd gère la bicrave, Kader les Go Fast et Lakhdar c'est les armes, le beurre.

– Tu peux nous établir la liste de tous les types ?

Sérigné se prend la tête entre les mains.

– Putain… Ouais. J'ai travaillé en direct avec cette équipe. Mais ils ne laissent personne prendre une plus grosse part qu'eux. Et surtout, personne ne prend la confiance.

Les questions tournent en boucle, comme la punchline d'un morceau de rap. Sérigné répète les infos. C'est le même refrain, les mêmes paroles.

Les flics le libèrent. Il restera caché dans un appart loué par la police, à l'abri des Bensama.

Trois agressions en moins de huit jours. En région parisienne, les attaques se multiplient depuis peu contre les « dabistes ». Ces employés, chargés de la maintenance et de l'approvisionnement des distributeurs automatiques de billets (DAB), sont, au regard de certains observateurs, « le maillon faible » du transport de l'argent en France. Contrairement au convoyeur de fonds, le dabiste ne transporte pas de billets ou de pierres précieuses. Il circule en véhicule banalisé, sans arme ou gilet pare-balles. Le dabiste dispose en revanche des clés qui ouvrent les fameux sas d'accès aux DAB. Et c'est là que le bât blesse. « Le mode opératoire des agresseurs est très basique, cela relève souvent du simple vol à main armée », soupire-t-on à la PJ parisienne, où l'on s'avoue « inquiet » de l'explosion du nombre d'agressions. « Aucun lien » n'a d'ailleurs été établi entre les dernières attaques. Le phénomène serait donc diffus, à en croire les policiers. Mais, au final, ceux-ci ne se montrent guère diserts, soucieux de « ne pas faire de publicité inopportune à ce type de criminalité ».

20 Minutes

Lundi 16 octobre 2006, 08 h 10
Commissariat de Saint-Denis

– Commissariat de Saint-Denis, bonjour.

– Ils étaient deux ! Deux !

– Deux quoi, madame ?

– Avec des sacs et de l'argent… Je les ai vus.

– Calmez-vous madame.

– Je viens de voir deux jeunes en scooter charger des sacs de banque dans une voiture, et ils se sont sauvés ! J'ai noté les plaques de la voiture !

– Attendez, madame, ils ont braqué une voiture ?

– Non ! Ils étaient en scooter et ils ont mis des sacs dans le coffre d'une voiture. Et ils ont laissé le scooter. J'ai la plaque.

– Allez-y, madame, je vous écoute.

– 9350 YX 93.

– Merci, madame.

Le gardien de la paix note le numéro et raccroche, puis se précipite dans les bureaux de la BAC.

– Vol en réunion en scooter à Saint-Ouen, on a une plaque !

L'inspecteur lit les informations affichées sur l'écran de l'ordinateur.

– La voiture appartient à… Bruno Berdi, oh putain, bingo, on l'a vu grandir en GAV…

Il imprime la feuille du suspect et court vers son supérieur.

– Capitaine, on a eu l'appel d'un témoin ! Un des types sur le scoot, c'est Bruno Berdi, sexe masculin, noir, né le 25 mai 1987 à Saint-Denis. Un mètre quatre-vingts pour soixante-quatorze kilos. Plusieurs interpellations pour violence sur personne, vol en réunion, agression, outrage. Une arrestation pour vol avec violence. Une condamnation pour vol en bande organisée.

Le capitaine interrompt son subalterne :

– Vite ! Vite ! C'est Berdi ! On le connaît l'animal, tout le monde à la cité Allende !

Des voitures banalisées, des voitures pie, en tout une vingtaine de flics partent cueillir le suspect.

À l'approche de la cité, les sirènes et les gyros se font discrets. Les voitures s'éparpillent. Dix véhicules encerclent le bâtiment d'une vingtaine d'étages. Au pied de la tour, la voiture de Bruno, une Renault Clio dernier cri : jantes alu, toit panoramique. Et un gros paquet de fric dans la malle arrière.

Dans la Laguna, Stéphane et Michael se préparent à monter dans le teum-teum du suspect.

– Putain sa caisse est là !

– Qu'est-ce qu'ils sont cons !

– C'est un gamin…

– Vol en réunion, pour laisser ça ici.

À l'angle de l'immeuble, les flics surveillent l'entrée et attendent les consignes du chef. Une femme entre dans le bâtiment.

Les autres policiers encerclent la tour. Le capitaine donne ses instructions au talkie :

– On intercepte l'individu à la sortie du bâtiment. Il n'est probablement pas armé. Je répète, on attend Berdi à la sortie du bâtiment. Il habite au quinzième étage. Il est chez lui, la gardienne nous l'a confirmé, elle l'a vu rentrer y a une heure.

Zulu Boy se lève le matin juste pour pisser, et l'après-midi pour zoner dans les rues afin de faire son billet. Ses rêves se limitent à de gros sous et à de grosses pouffes. Zulu Boy a bien compris que l'argent du DAB appartient à ceux qui se lèvent tôt ou qui ne dorment pas. Le tas de fric est rangé dans son coffre. Il a englouti un petit déjeuner et va prendre une douche pour se rafraîchir. Il a eu chaud quand il a agressé la femme chargée de remplir le distributeur automatique. Il sourit car l'argent fait son bonheur. Il a empoché plus de cent mille euros en un coup de pression, et une accélération en T-Max.

– Maman ?

– Oui Bruno.

– T'as pas vu mon haut Prada ?

– Si. Il est à la machine ! Moins fort la musique !

– D'accord…

Le son qui tourne est celui de 113, *Jackpotes*. Il fredonne les paroles du morceau tout en fouillant son armoire :

Entre Jackpotes on donne ça à l'ancienne / Comme au bon vieux temps pour nos potes et ceux qui traînent avec nous / Si tu te rappelles du tube du ghetto / Pour nos jackpotes, pour nos jackpotes, gros…

Il enfile un tee-shirt et chausse ses Nike Air. Il palpe les poches de son pantalon G-Star et claque la porte de l'appartement. Le décor du couloir est cru : *Je te baise ; nique la police ; Mounia est une pute*. Il appuie sur le bouton et attend l'ascenseur. Son téléphone vibre. Il lit le texto qu'il a reçu.

OUÉ OUÉ OUÉ…

Il répond au message en quelques coups de pouce.

DE LA FRAÎCHE SA MÈRE… JACKPOTES GROS.

Les portes métalliques s'ouvrent, dans l'ascenseur le vieux du dessus le dévisage avec dégoût. Il ne supporte pas les Noirs et les Arabes. Bruno le regarde de travers et murmure : Va niquer ta mère. Le voisin a entendu l'insulte, il baisse la tête. Une odeur de pisse les accompagne. Le vieil homme respire bruyamment, il a les nerfs et la santé usés par les tensions de la cité. L'ascenseur s'arrête au dixième étage. Un gamin de douze ans, avec un cartable sur le dos, entre.

– Wesh, Zulu Boy !

– Samir… Bien ou bien ?

Le jeune homme tend au gamin un billet de cinquante euros. Le môme empoche l'argent. Ils échangent des sourires. Le voisin hoche la tête.

Dehors, les flics sont prêts à intervenir.

– Il y a du monde, on ne bouge pas ! On attend qu'il rejoigne sa voiture.

Zulu Boy chante toujours :

Entre Jackpotes on donne ça à l'ancienne / Comme au bon vieux temps pour nos potes et ceux qui traînent avec nous / Si tu te rappelles du tube du ghetto / Pour nos jackpotes, pour nos jackpotes, gros…

Il n'est plus qu'à quelques mètres de sa caisse. Zulu Boy renifle l'odeur des keufs et reconnaît leurs voitures banalisées. En plein cœur de la cité, la police ne peut pas tirer, alors il entame un sprint jusqu'à sa voiture. Les flics n'ont pas le temps de réagir, il est déjà dans sa Clio, et tourne la clé.

– Putain de sa mère ! Allez, démarre !

Il fait rugir le moteur en appuyant sèchement sur l'accélérateur mais sa voiture n'avance pas. Le nuage de poussière s'évapore pour laisser apparaître une armée de flics qui l'encerclent et le braquent.

– Mains en l'air ! Mains en l'air !

Le téléphone de Zulu Boy vibre dans sa poche.

Michael le sort de la voiture, le plaque violemment au sol et lui met les pinces. Zulu Boy ne dit rien, son silence parle pour lui. François, le capitaine, s'approche de Stéphane.

– Franchement, je tiens à te dire que t'es vraiment réactif. Le coup du sabot… Chapeau !

– Je connais bien cette génération. Il aurait tout fait pour se barrer avec le fric.

– Tu m'impressionnes, on ne me l'a jamais sortie celle-là.

Stéphane jette un œil sur les tours.

– On va peut-être pas rester ici.

Un œuf balancé par un des habitants de la cité s'écrase à quelques mètres. Un des locataires hurle : « Police nique ta mère. »

Les curieux s'amassent mais les flics les repoussent. Le gamin de l'ascenseur pleure.

– Zulu Boy, Zulu Boy ! Lâchez-le, il a rien fait.

– Circulez, y a rien à voir !

Un flic retire le sabot sur la voiture de Bruno Berdi pendant que son collègue prend le volant. D'autres vident le coffre. En quelques minutes, tout le monde a déguerpi de la cité.

Dans la Laguna, Stéphane affiche un air satisfait et s'adresse à son rétroviseur :

– Alors Bruno, faut pas faire cette tête.

– Je t'ai pas parlé. Tu crois que t'es dans *Heat*, que t'es Vincent Hanna ?

– Je sais, t'es vexé. Mais la prochaine fois, regarde si y a un sabot avant d'accélérer. C'est rien, tu vas prendre quelques années de ballon. Et puis à Villepinte, c'est la famille…

22 octobre 2006, 13 h 38
Paris, porte de Passy

Je multiplie les vols à la ruse. Je vais jusqu'à m'introduire chez les gens pour trouver leurs cartes. Je les suis jusque chez eux et joue le rôle d'un trisomique ou d'un toxico.

Les yeux de mon pote sont rouges. Il a joué à PES toute la nuit avec les potos du quartier, mais quand je lui ai demandé de taffer, il s'est tout de suite réveillé. Il sait que je gagne beaucoup d'argent et qu'il va en profiter. Son rôle est de me déposer et de me récupérer une fois que j'ai fini mon boulot, ou si y a une galère. La première fois que je l'ai emmené, il a éteint son téléphone. J'avais pété une carte et fini ma journée plus tôt que prévu. J'ai dû rentrer en taxi à la cité avec dix mille euros. Je l'ai incendié, il s'est excusé et m'a supplié de le refaire travailler. Aujourd'hui, c'est sa dernière chance, s'il fait le chelou, il restera à Saint-Denis.

– Arrête-toi là, c'est bon. J'y vais poto, reste branché.

– Frais, je suis dans le secteur.

– C'est pas tu me dis frais, et je tombe sur ta messagerie.

– J'suis opé.

Je porte des vêtements et des chaussures de grandes marques, et à mon poignet j'ai une montre de luxe. Je me fonds aussitôt dans la population de ce quartier chic. Je me promène devant les magasins, à l'affût d'une proie. Le temps passe et je ne trouve pas de victime. Je reste attentif à la moindre transaction. Le niveau 5 du plan vigi-carte est déclenché.

Monoprix, Darty, la ligne de métro et quelques brasseries branchées. La journée s'annonce mal barrée. Je continue à suivre les mouvements des gens qui règlent, qui prennent leur portefeuille ou fouillent leur sac, beaucoup de cash, des carnets de chèques mais pas de cartes bancaires.

Je retourne au Monoprix car mon estomac réclame son salaire. Je rôde dans les rayons, pécho une bouteille de Yop goût fraise et un paquet de Pim's à la poire. Je n'ai finalement pas d'appétit car la pression monte, j'ai besoin de réussir un coup, de faire de l'argent. Dans la file d'attente de la caisse, le vieux devant moi règle avec un chèque et raconte sa vie à la caissière : le temps, le prix de la baguette en 1978, et la Seconde Guerre mondiale. Je téma dans la queue d'à côté : une meuf habillée comme une clocharde, et un jeune qui joue avec une pièce de deux euros. Le vieux s'éloigne avec ses sacs. Je règle mes achats quand j'entends dans la file d'à côté la voix de la caissière.

– Vous réglez comment ?

– Par carte.

Sans conviction, je la regarde sortir sa CB. Vu sa dégaine, elle doit avoir une Cléo et encore… Je souris… Mais j'hallucine ! Je suis choqué ! Elle tient dans sa main une Black Card ! Je rêve ! Cette clocharde a une Black ? Elle compose son code que je retiens. Qu'est-ce qu'une personne aussi rincée fait avec ça ? Je vais la fumer, c'est mort pour elle ! Je range mes courses. Elle sort du supermarché et entre dans une pharmacie. Je me cache derrière un arrêt de bus. J'ai la fièvre. Après quelques minutes qui me semblent une éternité, elle quitte enfin la pharmacie. Je réfléchis à la façon dont je vais lui prendre la carte. Je vais lui arracher, tant pis ! Non, je ne peux pas, je dois mettre en place une diversion, la pression m'étouffe, j'ai envie de lui crocheter son sac.

Je n'ai pas lâché Many pour employer ses méthodes. Il faut que je contrôle mes pulsions.

La meuf continue sa petite ballade pendant que je contiens mon impatience. Je dois rapidement l'intercepter sinon ça va foirer. Je siffle mon Yop.

Elle remonte une rue puis tourne à gauche et s'arrête devant un immeuble. Elle s'introduit dans le hall du bâtiment et j'empêche la porte de se fermer avec mon pied. L'ascenseur arrive. La grille se referme à peine que je saisis brusquement la poignée et la rouvre d'un coup. Mon visage est en partie caché par ma capuche. Je bave du Yop pour la faire flipper. Je suis dans la peau d'un toxico en manque. Je l'attrape par le bras et postillonne sur elle.

– Sale pute, ferme ta gueule ou je te tue !

– Qu'est-ce que… Mais…

– Donne-moi de la monnaie, j'ai besoin de ma drogue. Je suis en manque ! Je vais te tuer sinon ! Ma drogue, ma drogue, vite sale pute !

– Me faites pas de mal, me tuez pas, prenez ce que vous voulez…

Elle me donne son sac, le visage décomposé par la frousse. La peur se propage en elle : son corps se ramollit, ses yeux s'écarquillent, elle est tétanisée. Son parfum fruité s'est évaporé pour laisser place à l'odeur de la pisse. Son pantalon est trempé entre les cuisses. Je fouille son sac.

– Me tuez pas, pitié, prenez votre drogue. Mon argent, ce que vous voulez.

– Ferme ta gueule ! Sale pute, je veux pas ton argent, je veux juste ma came !

Je prends la monnaie et les trente euros dans son portefeuille. En même temps, je subtilise et remplace sa carte de crédit par une autre, expirée. Je lui balance son sac. Elle s'effondre et se met à sangloter. Je me barre à toute vitesse. Je me précipite vers le guichet le plus proche. Je débite par retraits de mille euros. Le bruit de la machine qui fait tourner les billets me soulage. J'empoche mes neuf mille, je me sens bien. Elle m'a mis la fièvre cette clodo. J'appelle mon pote.

– Allô…

– Rejoins-moi vite, je suis à la porte de Saint-Cloud.

– J'arrive, je suis juste à côté.

À Saint-Denis, je lâche un billet à mon pilote, il a été sérieux aujourd'hui. Je ramène la carte à l'Ancien qui va l'utiliser pour acheter des biens. Je travaille avec lui, en plus du cash. Je négocie une part sur le matériel acheté : des voitures, de l'électroménager, du mobilier. Grâce à son réseau, la carte ramène encore plus de fric. En contrepartie, l'Ancien assure ma protection, m'aide à placer une partie de mes bénéfices. Il est propriétaire de plusieurs murs : immeubles, maisons, commerces. Son patrimoine et ses fréquentations font de lui une des grosses têtes de Saint-Denis. L'Ancien est inscrit au fichier du grand banditisme, extorsion de fonds, blanchiment d'argent, trafic d'armes. Il bosse beaucoup avec des gens de l'Est. Il les a connus parce qu'ils allaient à la même salle de boxe. Hommes d'honneur, les types se sont liés d'affection. Il a fréquenté les proxénètes de la rue Saint-Denis et a ensuite travaillé avec la mafia serbe. Il m'a expliqué une chose, les Serbes sont des hommes de parole. Spécialisés dans le trafic d'armes, ils peuvent aussi fournir de la main-d'œuvre pour les règlements de comptes. L'Ancien m'a raconté comme ils sont cruels.

Cet univers fait fantasmer les gens et les jeunes de cités, ces histoires ne m'ont jamais fait golri mais plutôt flipper.

À Saint-Denis, mon nom est fiché, ma tête est grillée. Je suis allé trop loin, la police a lancé un avis de recherche et plusieurs plaintes m'obligent à être méfiant. L'argent m'a dépassé et je ne décroche plus, les pulsions sont de plus en plus fortes. Il me faut sans arrêt coffrer des thunes, prendre de plus en plus de risques. Les voitures de flics rôdent dans le quartier, les forces de l'ordre me traquent. On raconte que des mecs voudraient me lever pour prendre mon blé, tout le monde veut ma planque.

Si je fais attention à Saint-Denis, je mène en revanche la grande vie sur Paname et me rends dans les grands restaurants, les joailleries de la place Vendôme, les discothèques. Je connais bien le monde de la nuit. J'invite tous les habitués et je suis comme un prince avec sa cour. Une vie de rêve et de paillettes. C'est pendant une de ces soirées qu'un pote du quartier me présente un de ses amis, Hervé. J'ai tout de suite accroché, il m'a rappelé Many, en moins violent. On ne s'est plus lâché. Il m'emmène dans les soirées branchées. Il vit la nuit avec moi et travaille le jour avec son frère. Hervé est issu d'une famille aisée. Son frère fait du trafic de voitures volées et travaille avec les flics. J'aime bien ce mec. Je n'hésite pas à sortir les liasses. Au fond, j'essaye de l'impressionner. Le jour où il m'a demandé de lui prêter de l'argent, j'ai sorti quatre mille cinq cents euros, sans hésiter. C'est ça avoir des potes.

Je viens de me réveiller, il est déjà midi et j'avais rendez-vous à onze heures et demie avec Khaled. Il veut absolument me parler sans la présence d'Hervé. Il se prend pour Jiminy Criquet et tente à chaque fois de calmer ma racaille ambition, mais je sais ce que je fais. Hier soir, je l'ai invité au Ritz. J'étais gêné car il a passé la soirée à scanner mon pote et les gens conviés à ma table. Je dévale les escaliers et le rejoins à l'entrée du parc des Buttes-Chaumont, au pied de chez moi. Il m'observe avec un air vénère, putain il va encore me prendre la tête.

– Salam…

– Aleykoum Salam.

– T'as pété les plombs ou quoi ? Tu me fais galérer comme ça ? T'es un ouf Ilyès ! Et puis je voulais te dire, faut que t'arrêtes de traîner avec des mecs comme ça !

– Pourquoi ? Il est tranquille. T'as passé ta soirée à le téma chelou…

– Hé frère… C'est pas un mec de chez toi, tu vas te faire balancer si tu lui racontes ce que tu fais. J'espère que tu le sais !

– Mais je lui dis rien ! Il sait pas ce que je fais !

– J'espère pour toi parce que là, tu joues dans la cour des grands. Ces mecs, c'est pas tes frères. S'ils doivent te donner, ils vont te donner, et après il n'y a plus personne !

– Khaled, je sais ce que je fais. Je suis plus un gamin. Tu crois que je le fais travailler avec moi ou quoi ?

– Frère, juste écoute-moi. Méfie-toi de ces gens-là. T'as fait assez d'argent, arrête, t'es cramé. Mets-toi au vert. Les flics sont sur toi.

– Khaled, je vais tout arrêter.

– J'espère pour toi… Ça me prend la tête quand je vois les gars qu'étaient là hier. Je pense à ta mère.

– Fais-moi confiance !

– Je t'ai dit fais attention à ce mec, je le sens pas. Il te calcule parce que t'as du fric. Je reste pas dans le coin.

Je vais à l'entraînement, Jeremy boxe bientôt pour un championnat du monde sur Canal Plus. À plus tard !

Khaled pense que je suis un gamin mais il se trompe, je suis capable de faire du fric, sans l'aide de personne, sans tuer. Qui à Saint-Denis a réussi ? Qui a réussi ce que j'ai fait ? Hervé est mon pote et j'ai confiance en lui.

La journée est vite passée et je sors encore avec Hervé. Je suis avachi sur le canapé d'une discothèque, et les gens autour de moi vident les bouteilles que j'offre à boire à ma santé. Je pense à Khaled et regarde Hervé. Fatigué, je surveille ses faits et gestes. Et si Khaled disait vrai ? Le serveur vient me voir, il est aux petits soins avec moi car je lui lâche de bons pourboires. Il me tape sur l'épaule, paniqué. Sûrement la coke qu'il se fout dans le nez.

– Le Marseillais, les flics, ils sont là !

– Quoi ?

– Ils te cherchent ! Ils ont donné ta photo au physio.

– Putain de merde ! Merci Mario…

Je me fraie un chemin dans la foule de gens complètement défoncés. J'esquive les trois flics qui vont à ma table, accompagnés du patron de la boîte. Je récupère ma veste. Je dois absolument me calmer, j'ai failli me faire cramer. Ils sont remontés jusqu'à la boîte à cause des bouteilles que je paye avec les cartes. Putain, c'est chaud pour moi.

Au volant de ma Mercedes, je réalise que mon rêve risque de prendre fin si je continue à m'afficher. J'observe les lumières qui éclairent la capitale. Paris est magique. Je suis arrêté au feu, à l'intersection de la place de la Madeleine et du boulevard des Italiens, quand je vois une lampe. Un contrôle de police. Ils ne m'arrêtent pas. Je vois des flics partout ! Je suis comme un ouf. Je rentre chez moi. Ma femme est dans le lit, elle ne dort pas.

– Tu étais où encore ?

– Je travaillais…

– Tu travailles dans quoi ? Tu passes tes nuits dehors, tu caches des liasses de fric. C'est encore tes cartes ! Tu peux pas t'arrêter ?

– Écoute, je suis jeune, je dois faire de l'argent, c'est maintenant.

– Maintenant ? Maintenant que tu dois foutre en l'air notre couple ? Et mes parents, ils vont dire quoi ? Arrête… Arrête ces putains de conneries, grandis dans ta tête !

Je me pose dans le canapé et je zappe. Les heures défilent, mes pensées aussi.

Je retrouve Hervé au bar lounge de l'hôtel Costes le lendemain matin. On se rejoint souvent ici. Il me propose de faire effacer ma fiche, il connaît un flic, un certain Stéphane.

– C'est un keuf spécial mais je te promets Ilyès, tu vas être tranquille.

– C'est frais, mais c'est sûr ce que tu me dis ?

– Certain ! C'est le pote de mon grand frère. Il tafe avec lui, il va te faire le truc direct.

– Si tu peux gérer ça, franchement, c'est mortel.

– T'inquiète, dans quelque temps, on ira le voir.

Jeudi 2 novembre 2006, 15 h 03
Commissariat de Saint-Denis

Sérigné a tout balancé, la juge d'instruction a aussitôt délivré une commission rogatoire. Les Renseignements généraux sont sur le coup pour mettre en place l'écoute téléphonique de toute la famille Bensama. Les frères, le père, la mère et même la grand-mère. Les autres services auditionnent les témoins, s'occupent des perquisitions et des saisies. Les RG sont équipés de nouvelles technologies mais disposent aussi de fiches d'indic, de contacts d'opérateurs mobiles et fixes. Stéphane discute avec un de leurs agents, un homme d'une quarantaine d'années, connu pour son efficacité.

– J'ai faxé la commission rogatoire et la liste des numéros à SFR, Orange, et Bouygues. La centrale va tout enregistrer et tout éplucher. On va récupérer les conversations depuis un an. C'est fou la technologie. Avant, on était obligé de se brancher aux lignes des mecs, de mettre une équipe sur leur dos. Là, il suffit d'un fax pour les écouter. Si les mecs savaient que même éteint leur appareil permet de les localiser, ils ne toucheraient pas à un téléphone.

– Vous pourrez me faire suivre le compte-rendu tous les jours, qu'on ait une vue de leurs faits et gestes ?

– Oui, pas de souci.

Le capitaine et le commissaire entrent dans le bureau de Stéphane.

– On doit faire sauter la famille Bensama à tout prix. C'est politique.

– Ouais… Il me faut du temps.

Malgré la fatigue et les heures passées au commissariat, Stéphane reste attentif.

– On a pas mal d'infos avec le frère Mbana qui a balancé.

– Et Mounir Sadi, il a des infos ?

– Nan, puis il est pas très bien en ce moment.

– Je pense que tu devrais faire attention avec tout ça, il y a des fois où on ne revient pas de ce genre de fréquentations.

– Tu sais, ça fait deux ans que je bosse avec lui. Je n'ai jamais eu de souci.

– Mais c'est souvent quand on baisse la garde qu'on se fait toucher, tu devrais le savoir, toi qui aimes tant la boxe.

– C'est vrai. Mais je n'ai jamais baissé la garde ni dans ce commissariat ni sur le terrain. Et puis en boxe, y a toujours des surprises. Rien n'est établi.

– Écoute, aujourd'hui, je fête mon premier anniversaire dans ce commissariat. J'ai dix ans de service derrière moi. Au ministère, j'ai une place de prévue mais je dois faire mes preuves pour avoir ce poste. Je t'avoue que si tu parviens à faire ça, on ira loin toi et moi. Tu pourrais finir sur le podium de la hiérarchie de la PJ.

– Franchement, ça me dit rien pour l'instant, j'aime trop le terrain, et le verlan. Et puis les costumes et les notes, ça ne m'intéresse pas.

– Quand je t'ai parlé de garde, c'est justement en rapport avec le terrain. Je suis passé par là. Le terrain rapporte beaucoup de primes, toutes sortes de primes, mais y a un jour où on y reste à force de la faire à l'envers. Si je te propose ça, c'est aussi pour assurer ton avenir. Et il faudrait peut-être que tu penses à fonder une famille.

– Je sais pas… Pour l'instant je ne sais pas. Laisse-moi du temps.

– Et pour les Bensama ?

– Je vais m'occuper de tout ça. On a le soutien du juge et du procureur. On a faxé la commission rogatoire, on va avoir tout l'historique des échanges depuis une pige.

– D'accord.

Stéphane joue son rôle de flic intègre. La famille Bensama contrôle la ville et quelques policiers de Saint-Denis. Un tel coup de filet serait un séisme dans la commune déjà classée en tête des villes criminogènes. Depuis des années, les caïds de la cité restent intouchables.

Alors que Stéphane boit son énième café de la journée, Michael le rejoint devant la machine.

– Hé Michael, qu'est-ce que tu penses de l'opération du patron ?

– Franchement, je sais pas. Avec les Bensama, on va se brûler les doigts.

– Oui, et en même temps on peut placer les nôtres et étendre nos affaires.

– On peut pas avoir les yeux plus gros que le ventre.

– Tu sais, il suffit de tout contrôler.

– Et si demain on est plus là ?

– Tu crois que dans ce métier, on va durer ? Tu sais, la frontière entre nous et les voyous, y en a pas, et ça faut l'accepter. Ces saisies, ces crimes, toute cette merde, c'est pas ça la loi. Tu le sais très bien. Alors à un moment, soit on passe au-dessus, soit on reste en dessous.

– Je te suis mais où on va ? Sadi craque, les Bensama ne sont pas des tendres. Je sens pas tout ça, je suis un peu à cran. Je flippe Stéphane…

– Fais-moi confiance.

Stéphane regagne son bureau, son portable sonne et le prénom d'Hervé s'affiche.

– Salut Stéphane, je peux te voir ?

– Oui, quand ?

– Lundi ou mardi. J'ai besoin de te présenter un pote, il a des trucs à régler.

– Tu me passes un coup de fil et on se voit mardi dans l'après-midi. Hervé, je te laisse, j'ai un double appel, allez salut !

– Stéphane, tu fais quoi ? J'ai envie de te voir, tu me manques.

Au bout du fil, la voix d'une femme.

– J'arrive.

Direction le XVIIIe arrondissement. La circulation est difficile. Sur les trottoirs, des gens de toutes les couleurs, des enseignes de toutes les odeurs : grecs, indiens, poulets frits. Il arrive enfin chez sa copine, un soixante mètres carrés de meubles Ikea, canapé clic-clac design, écran plasma et magazines de mode entassés sur la table basse.

Elvira est une superbe fille, pleine d'artifices. Les mecs qu'elle attire, elle les séduit, les pille et les plie comme une bouteille en plastique vide. Stéphane en connaît pas mal sur cette fille, amie et femme de l'ombre, loin d'être banale. Allongé contre elle, après l'amour, le flic passe sa main dans ses cheveux ondulés. Elvira cherche le regard de son mec.

– J'ai l'impression que tu as un pouvoir sur moi.

– Quoi ?

– Je sais pas. Depuis le départ de ma mère, je ne peux pas me passer de toi.

Elvira retient ses larmes.

– Tu m'attires comme un aimant. Dis-moi que tu m'aimes…

– Elvira, je sais pas. Je peux pas te le dire…

– Pourquoi ? Je te comprends pas. Je t'aime.

La jeune femme est envahie par la tristesse et la frustration. Elle ne tient pas l'homme qu'elle aime, il ne conjugue pas le verbe aimer. Les deux ne jouent pas avec les mêmes cartes. Pour lui, c'est l'éducation d'un père sévère. Pour elle, l'amour d'une mère paralysée. Pour lui, des livrets d'école à la signature falsifiée. Pour elle, des félicitations et des notes récompensées. Pour lui, la disparition de ses deux frères aînés. Pour elle, l'affection de ses frères et sœurs aimés. Pour elle, des études réussies ; pour lui, le parcours d'un flic pourri. Tous les deux ne sont pas nés sous la même étoile, mais se galochent pourtant sous le même toit.

– Je ne crois pas qu'on va rester encore ensemble…

– Pourquoi ? Pourquoi tu me dis ça ?

– Je me sens pas à ma place avec toi. Nous avons deux destins différents, et puis j'ai un boulot de solitaire.

– Parlons d'autre chose, s'il te plaît.

– Je suis crevé.

Tu me fais chier Stéphane ! Tu penses qu'à ton boulot. Tout ce qui compte, c'est toi, toi et encore toi. T'es peut-être fort dans ton métier mais pas dans la vie. À force de courir après les voyous, tu vas louper le plus important.

Elle se tourne. Stéphane dort profondément.

Elvira a les larmes aux yeux.

– Il en a rien à foutre. Putain, il me rend dingue.

Le jour vient de se lever et les premiers rayons du soleil ont réveillé le flic. Il sort de la douche et s'habille en observant Elvira. Il quitte l'appartement et oublie cette histoire qui recommencera au prochain coup de fil.

Lundi 13 novembre 2006, 22 h 57
Paris Ier arrondissement

Je ne savais pas à quel point j'étais grillé, les caméras des centres commerciaux et des guichets de retrait ont parlé. Des photos de moi décorent les murs des commissariats. Un poto qui s'est fait péter a vu ma photo placardée au comico de Saint-Denis. Je suis recherché, mais à vingt ans, j'ai déjà empoché plus d'un million d'euros et je ne compte même pas mon train de vie pharaonique. Hervé partage souvent ces moments de plaisir avec moi. Il aime profiter de tout ça. On s'entend bien lui et moi, il est malin et serein.

D'ailleurs, ce soir, son frère et une meuf, beaucoup plus bonne que la plus bonne de mes copines, sortent avec nous. Je les récupère à l'hôtel Costes. Je fais un saut chez moi pour prendre de la fraîche avant qu'on aille s'amuser. On arrive devant le club, une foule immense attend pour entrer. Le patron et le videur nous accueillent comme des princes. Ils savent que je vais faire couler le champagne à flots et faire déborder le chiffre d'affaires. Il nous installe dans le carré VIP. Je commande des bouteilles pour plusieurs tables. Tout le monde s'amuse. Je me perds dans mes pensées. L'air de la boîte est lourd, les gens dansent et s'éclatent. Je regarde le grand frère d'Hervé et sa copine. Hervé me tape sur la cuisse et sourit.

– Elle est bonne, hein ?
– Ouais.
– C'est une grosse salope.
– Ah ouais ? Tu peux m'arranger le coup ?

– Ben oui, attends je vais la chercher…

Elle est grande. Mince. Une paire de seins siliconés. Elle s'appelle Sandrine et elle est complètement torchée. Elle a tapé de l'alcool mais aussi de la coke. Je n'hésiterais pas à me la taper. Une foule de meufs se trémousse mais c'est vrai qu'on ne voit qu'elle. Le son envoûte toute la boîte et l'ambiance est dingue. Sur *In Da Club* de 50 Cent, les visages et les corps deviennent moites sous les vêtements bling-bling trempés. L'odeur de cigarette et d'air conditionné m'agresse. La soirée se termine et Hervé m'a filé le numéro de Sandrine. Je vais me la faire cette pétasse. Sur le chemin du retour, elle est vautrée à l'arrière de ma caisse, dans un état lamentable. Je laisse Hervé, son frangin et Sandrine chez Costes, et je rentre pour me reposer. Demain, on voit le flic qui supprimera ma fiche. Ensuite, je partirai quelque temps au Maroc, pour me faire oublier.

Le lendemain, je retrouve Hervé sur Paris. On se rend à Saint-Ouen. Il me montre un type du doigt : le gars devant une Laguna noire.

– Putain, mais je le connais, c'est un keuf de Saint-Denis !

– Ouais, mais t'inquiète, c'est le pote à mon frère.

– Truc de ouf… On se croirait dans un film.

On sort de la bagnole. Hervé me présente, je lui serre la main.

– Alors le fameux Marseillais, t'es connu chez nous.

Je souris, gêné, car je connais ce flic, c'est une grosse crapule.

– Ouais…

– T'es passé des téléphones aux cartes. Mais c'est vrai que t'es cramé.

– C'est clair, mais je veux tout arrêter. Je regrette tout ça.

– Cinq mille euros et tu seras tranquille jusqu'à la prochaine connerie.

– Ok.

– À plus tard…

Je demande à Hervé de le payer avec les sous que je lui ai prêtés. Je lui file cinq cents euros pour compléter la somme.

– Je lui passe les thunes demain, comme ça tu seras tranquille, t'inquiète Ilyès !

– C'est cool.

– Je t'avais dis que ce serait cool avec lui.

Je trace à la baraque sur une chanson de Ferré, *Avec le temps / Avec le temps, va, tout s'en va.* Je suis soulagé, je vais rester inactif quelques jours.

Depuis quelques jours, je cherche à joindre Hervé, c'est chelou, il ne répond pas. J'ai appelé plus d'une vingtaine de fois. Je me demande s'il m'évite mais c'est pas possible. Je tente encore et encore. Aucun signe de vie, je commence à psychoter. Il m'esquiverait, pourquoi ? Et s'il voulait me carna ? Je laisse des messages de plus en plus vénères. J'appelle en masqué. Ce bâtard décroche direct !

– Ouais, allô…

– C'est moi.

– Le Marseillais, ça va ?

– C'est comment pour mes trucs ?

– T'inquiète pas !

– Hé mec je m'inquiète, tu décroches pas et j'ai pas le temps d'attendre, donc mes sous et vite !

– Je les donne aujourd'hui au keuf.

– Non, tu vas rien donner au keuf, tu vas me rendre mes thunes Hervé, et vite !

Quand je le rappelle, je tombe encore sur son répondeur. J'insulte sa mère, sa grand-mère et son arrière-grand-mère. Presque une semaine plus tard, l'Ancien m'apprend que les flics ont arrêté le mec qui a mis ma voiture à son nom. Il a fait une GAV. Je commence à me poser des questions. Je ne veux pas plonger. Sur les conseils de l'Ancien, je dors chez des potes et tourne pour ne pas me faire pincer. Je suis en froid avec ma femme. Notre couple bat de l'aile, elle m'avait pourtant averti. On s'est donné rendez-vous à l'appartement pour discuter de notre avenir. J'ai des sentiments pour elle, mais ma priorité c'est l'argent. On discute longuement de tout ça, cet argent facile et tout ce qui va avec. Visiblement, mon ambition la secoue. Je ne peux plus m'arrêter, faire marche arrière. Les difficultés se rapprochent de tous les côtés, le vent tourne. Elle est si belle, mais elle veut toujours me raisonner. Rien à faire, je ne pense qu'à l'argent. Elle évite mon regard. Je capte alors que ce n'est pas une énième rupture. On s'est fâchés plusieurs fois mais on s'est toujours réconciliés. Quand on s'embrouillait, y avait un truc dans son regard que je ne trouve plus. L'odeur de la fin imprègne l'appartement. Elle range ses affaires et j'ai perdu la seule personne qui m'aime, pas pour le Marseillais et son cash, mais pour qui je suis vraiment, Ilyès. J'ai fait un choix entre l'argent et ma femme. L'argent coule dans mes veines.

À l'intérieur de mon confortable appartement, j'ai le sentiment que je suis prisonnier : les liasses, les sapes, le confort. Elle reste assise dans le canapé. Je prends une douche et je m'apprête à faire ma prière. On sonne à la porte. Personne ne sait où j'habite et je n'ai jamais reçu personne. Je panique. Je regarde par le judas mais je ne vois rien, quelqu'un met son doigt dessus.

– C'est qui ?

– C'est la gardienne, me répond une voix d'homme qui imite celle d'une femme, mais je sais que ce n'est pas la gardienne, puisque c'est un gardien dans notre immeuble.

Putain c'est la merde ! Les keufs !

– C'est mort ! C'est mort ! Je chuchote à ma meuf.

Mon cœur s'emballe, j'ai des frissons. Je ne peux pas m'enfuir, je suis au septième étage. Je la regarde, la peur l'empêche de respirer.

– Putain, putain, c'est la merde !

Je peux pas me sauver, alors je tourne la poignée et j'ouvre. Je sais que c'est foutu pour moi. Un type pousse la porte, il hurle.

– Bouge pas ! Bouge pas !

Cinq flics déboulent, l'un me braque avec un P38. Je suis comme un ouf, j'ai les nerfs.

– Calme-toi ! Baisse ton arme ! Tu crois que je suis un meurtrier ou quoi ! Calme-toi je t'ai dit !

Khadija craque et se met à chialer. Je me tourne vers elle et lui balance.

– Ferme ta gueule ! Ferme ta gueule !

Les flics me tiennent par le bras mais ne me plaquent pas au sol comme dans les films.

– Ferme ta gueule toi aussi !

Les flics ne répondent pas et restent calmes. L'un d'eux me passe les menottes et me lit mes droits. Il regarde sa montre et me signifie qu'à cet instant précis je suis en garde à vue, et qu'il va procéder à une perquisition. Ils fouillent l'appartement. Leur attitude est loin d'être musclée. Wesh, ils ont oublié de manger des Frosties ce matin ?

– C'est à vous tout ça ?

– Non, c'est un appartement meublé que je loue.

– Ah oui, vous avez les documents ?

– Oui, le bail est là, dans ce tiroir.

Le flic fouille et vérifie le contrat de location.

– D'accord…

Pour couvrir mes arrières, je me suis arrangé avec le propriétaire à la signature du bail. Le contrat indique que le mobilier n'est pas à moi, pour éviter toute saisie et ne pas avoir à justifier tout ça. Ils sortent les vêtements de mon armoire, les articles de luxe sont mis dans un sac-poubelle ; ils les listent : Armani, Versace, Prada et d'autres grandes marques. Ils confisquent toutes mes sapes, hallucinés, le prix de certaines vestes s'élève à six mille euros, trois fois leur salaire.

– T'as vu tous les disques dans la chambre ?

– C'est à toi ?

– Ouais, pourquoi ? J'écoute de la musique, c'est interdit ?

– Tu écoutes Aznavour, Brassens, Renaud, Juliette Gréco… Obispo ! C'est quoi ce délire ?

– J'ai jamais vu ça ! Il écoute du Mylène Farmer…

– Il les a sûrement volés.

– Vous me prenez pour un clochard ou quoi ? J'ai pas que ça à faire d'aller voler des CD…

Les keufs sont euphoriques et je suis en panique parce que je me rappelle qu'il y a de l'argent et surtout un calibre au-dessus de l'armoire. S'ils le trouvent je suis mort ! Je tente un coup de poker.

– Qui s'occupe de mon affaire ?

– C'est moi qui suis en charge de tout ça.

– Je peux vous parler dans un endroit tranquille ?

– Oui, je vous écoute.

On s'isole dans la salle de bains.

– Je vous propose un bon paquet de fric pour que vous ne chargiez pas mon dossier.

– D'accord, il est où ce fric ?

Je me détends.

– Il est sous l'armoire, y a tout mon argent, dix-neuf mille euros.

Il sort de la salle de bains et va chercher le fric. À sa tête, on dirait qu'il a trouvé un million d'euros. Les policiers prennent les sacs-poubelle et nous embarquent séparément dans leurs voitures banalisées.

– Elle a rien à voir là-dedans.

– Elle sera libérée après.

Je suis assis entre deux agents de police. On dirait que je suis un trophée. Je suis sceptique sur mes chances, je vais maintenant goûter à la taule. Je pense à ce fils de pute d'Hervé. Il n'a pas fait sauter ma fiche et m'a carotté cinq mille euros. Je suis placé en cellule de garde à vue. Je m'allonge direct sur le banc en bois et ferme les yeux. Je plonge dans un profond sommeil. Je rêve d'argent et j'entends la voix de Khadija. Trois heures plus tard, les flics me réveillent pour m'interroger. Ils ont auditionné ma meuf : qu'est-ce que je ramène à la maison, quelle voiture j'ai… Un des flics vient me chercher et me dit qu'elle va être relâchée, que je peux lui dire au revoir. Je retournerai ensuite en cellule et je serai entendu par l'inspecteur qui s'occupe de l'instruction de mon dossier.

Je suis face à elle, dans cette petite pièce.

– C'est sûr que je vais aller en prison. Alors fais attention à toi.

– Toi aussi.

Elle pleure. Son regard triste s'ancre dans le mien. Sa voix douce murmure qu'elle sera là pour moi. La peau de son visage est rougie par cette journée agitée. Je ne sens rien, comme si l'argent me rendait hermétique aux regrets.

Ma passion pour l'oseille a tué ma sensibilité. On se parle avec les yeux, mais le flic ouvre la porte et interrompt ce moment émouvant. Je n'ai pas été vigilant, j'ai joué, je vais payer. Je pose ma tête sur le banc de ces quelques mètres carrés, mes yeux se ferment, et je saute sans élastique dans un rêve. Je suis milliardaire et je me baigne dans un bain de billets. Des grosses coupures, des billets de cent, deux cents, cinq cents euros couvrent mon corps et je les balance en l'air. J'éclate de rire : du fric, du fric, plein de fric ! Le rêve s'achève sur ce papier de valeur qui flotte dans l'air, un flic vient me sortir de mon bain pour me noyer dans une mare de questions.

Le crack a franchi le périphérique. Jusque-là cantonné dans certains quartiers nord de Paris, à Stalingrad, Château-Rouge et porte de la Chapelle, ce puissant dérivé de la cocaïne a investi la banlieue Nord après le « nettoyage » des squats parisiens des XVIIIe et XIXe arrondissements parisiens. En moins de deux ans, le quartier de la gare à Saint-Denis (Seine-Saint-Denis), idéalement situé à cinq minutes de la gare du Nord, dix minutes de Châtelet et terminus du tramway T1, est devenu la capitale du crack en Île-de-France. Chaque jour, près de trois cents usagers viennent s'y approvisionner. La vente se fait au vu et au su de tous, sur le parvis de la gare, le long des berges du canal, dans les rues, partout. Jusqu'à leur démantèlement en janvier et en mars, la ville abritait également deux « crack houses », ces maisons du crack où l'on fabrique, achète et consomme sur place. Excédés, les vingt mille habitants de ce quartier, où les pires taudis côtoient des friches en rénovation et de rares immeubles haussmanniens, fustigent la municipalité communiste, accusée d'avoir « laissé le quartier à l'abandon », et en appellent désormais à l'État. « Notre quartier est une zone de non-droit », tancent les riverains. En juillet, l'agression de deux agents de propreté, qui ont fait valoir avec leurs collègues leur droit de retrait pendant une semaine, a eu l'effet d'un électrochoc. Désormais, une cellule de crise réunit, toutes les semaines ou les deux semaines, la préfecture, la ville, la SNCF, la police et la DASS. Acculée *par les habitants, la mairie, jusque-là farouchement hostile à la vidéosurveillance, a autorisé la SNCF à installer des caméras sur le parvis de la gare. Le 19 août, pour la première fois, une importante opération policière de sécurisation a été menée dans le quartier avec l'aide d'effectifs parisiens, et quatre cafés et restaurants sont sous le coup d'une demande de fermeture administrative. Cela suffira-t-il ? Les habitants en doutent vraiment et certains, épuisés par deux ans de « vaines réunions de quartier », ne songent plus, comme Delphine*[1] *qui a mis en vente son appartement, qu'à « quitter au plus vite Saint-Denis et le 93 pour un endroit civilisé ».*

Le Parisien

1. *Le prénom a été modifié.*

Vendredi 24 novembre 2006, 05 h 34
Saint-Denis, quartier de la gare

Les murs recouverts d'affiches de concerts à l'effigie de chanteurs cainfris. Les trottoirs infestés de dégueulis de toxicos et le hall de la gare investi par des dizaines de consommateurs de crack, en manque ou foncedés. Après Stalingrad, Strasbourg-Saint-Denis et les Halles, la gare de Saint-Denis est le nouveau supermarché du crack. Cette drogue, dérivé de la cocaïne au puissant pouvoir addictif, a débarqué depuis quelques semaines en banlieue. Les habitants de la gare en payent les conséquences : insalubrité et insécurité. Il est courant de voir des schlagues à terre, à cause d'un malaise ou d'une overdose. Sans compter les bagarres et les hurlements en créole. Les dealers occupent les squats et les transforment en crack houses, vingt-cinq euros la dose. Cette situation rend les riverains paranos, ils espionnent les dealers et les drogués, et appellent le commissariat au moindre incident. Une cinquantenaire cachée derrière ses rideaux aperçoit deux ombres balancer un corps sur les berges du canal, puis regagner leur voiture en courant. Le cadavre de Sérigné gît là, la tête remplie de plomb, les phalanges coupées, et avec la langue tranchée et placée dans sa poche, il ne risque plus de parler.

– Commissariat de Saint-Denis, bonjour.

– Oui, je vis près de la gare et il y a un corps à côté du canal ! J'habite rue Catulienne.

– Désolé madame, nous n'avons plus de voiture disponible, mais nous allons envoyer le service des affaires sanitaires.

– Monsieur, il a du sang partout ! J'ai vu des gens jeter son corps. Ils l'ont tué !

– Madame, ils règlent leurs comptes entre eux... Enfin, on les ramasse en une fois, la gare de Saint-Denis est infestée de toxicomanes.

– C'est pas un drogué qui fait un malaise ! Ils l'ont tué monsieur ! C'est un assassinat !

– Oui, la drogue les tue, madame, c'est une overdose.

– Monsieur, il a des trous partout...

– Oui, madame, s'ils ne fument pas ils se piquent. Forcément ça leur fait des trous.

– Bordel de merde ! Il est mort, il a des trous dans la tête et du sang.

– On va envoyer une voiture dès qu'on peut mais bon, croyez-moi, madame, on a des appels tout le temps.

– Monsieur, il est mort. Il est juste en face de ma fenêtre sur les berges du canal. C'est pas un simple drogué !

Après plusieurs appels, une patrouille s'est déplacée sur les lieux. Les fonctionnaires qui ont fait la macabre découverte ont installé un périmètre de sécurité autour du corps. Les policiers du SPJ, du SRPJ, ainsi que les techniciens en investigation criminelle ont passé les lieux au peigne fin sous le regard de curieux tenus à distance. Une voisine de la femme qui a tout vu répète à l'un des passants :

– Il a été tué, ma voisine a tout vu. Ils ont jeté son corps ici et la police n'a pas voulu venir. Encore une histoire de drogués.

– La drogue, c'est un fléau...

– Le quartier de la gare est devenu dangereux, je pense que je vais écouter mon fils et déménager. C'est grave.

Stéphane s'introduit dans le périmètre établi par la police. Il salue ses collègues de la Crim et de la Scientifique. Michael est déjà sur place.

La victime est rapidement identifiée. Il s'agit de Sérigné Mbana. Il était en GAV il y a quelques jours. Une voisine a reconnu les portraits de deux des frères Bensama, Saïd et Kader. Les regards de Stéphane et Michael se croisent.

– Putain, comment ils ont su ?

– On aurait dû le garder en GAV plus longtemps.

– Attends, on est pas des assistantes sociales. Déjà, on lui trouve une planque, on le couvre, on le rémunère.

Les deux flics s'avancent vers la housse mortuaire. Stéphane l'ouvre, et le visage explosé par les impacts de balle le laisse stoïque. Il referme l'emballage.

– Mais comment ils ont su aussi rapidement ?

– Y a une taupe au commissariat, c'est pas possible… Je comprends pas. Sinon, tu crois que Mounir est derrière tout ça ?

– Non, je pense pas. Mais y a un truc que je saisis pas. C'est pas chez nous. Les Bensama, c'est pas la famille Corleone.

Michael scanne les policiers présents. Les deux flics regagnent leur voiture et quittent les lieux bientôt réinvestis par les curieux et les toxicos. Stéphane compose le numéro de son indic. Une tonalité.

– Allô…

– On peut se voir. C'est urgent.

– Pourquoi ? Je suis avec mon fils.

– Sérigné est mort. T'es au courant ?

– Oh putain.

– À l'île des Vannes, à Saint-Ouen. À quatorze heures.

– Ok.

La 307 s'arrête sur le parking du complexe sportif de Saint-Ouen. Entre deux bras de Seine, en bas d'une tour, c'est l'endroit idéal pour tout genre de deal. Mounir va à la rencontre des deux inspecteurs.

– Qu'est-ce qui se passe ? Putain mais comment c'est possible ?

– T'as fait quelque chose ? C'est quoi le délire avec tes cousins ?

– Quel délire ? Vous êtes des oufs. Vous croyez que j'ai que ça à faire, d'aller monter une mayonnaise pour que mon meilleur pote crève ?

– Mais tu te fous de notre gueule ou quoi ? Tu parles de meilleur pote alors que tu l'as balancé ?

– Et en plus on le retrouve mort, à peine sorti de GAV et alors qu'on l'a mis dans une planque.

– Les gars, je vous jure sur la tête de mon gosse que j'y suis pour rien. Vous m'accusez alors que mes cousins me réservent sûrement le même sort. Je suis dans la merde. Putain, j'ai un gosse, une femme. C'est quoi cette merde, comment ils ont su ?

– C'est bon, calme-toi. C'est peut-être pas eux. Arrête de te chier dessus.

– Vous vous foutez de ma gueule. Vous voulez m'endormir ?

– Arrête de flipper, on a aucune preuve que c'est eux. Sérigné n'avait pas d'histoires ?

– Nan… Mais ils sont au courant de tout. Je suis dans la merde. Putain. S'ils savent que c'est Sérigné qui les a balancés, ils vont remonter jusqu'à moi.

L'indic s'agite dans tous les sens, le front trempé de sueur. Il a reniflé de la drogue pour se calmer.

– Ressaisis-toi !

– Ta gueule, espèce de flic de merde ! Ta gueule !

Stéphane lui envoie une puissante baffe.

– T'avise pas de dire des trucs comme ça, petite pute !

La haine succède à la panique dans les yeux de l'indic. Stéphane sort son calibre et le braque. Michael réagit.

– Arrête Stéphane ! Range ton arme ! Mais putain, arrête !

Stéphane le garde en joue et serre la mâchoire. Mounir s'agenouille doucement et le regarde dans les yeux. Des larmes coulent sur ses joues.

– Tue-moi ! Vas-y… Tue-moi ! J'en peux plus d'être votre esclave. Je suis plus rien, autant crever. J'ai donné mon meilleur ami ! Mon meilleur ami s'est fait buter à cause de moi ! On a grandi ensemble putain de merde, c'est de ma faute…

Michael s'interpose devant l'arme de son collègue et le défie. Il relève Mounir sans rien dire et le reconduit à sa voiture.

– Je suis qu'une merde, j'en peux plus.

– Mets-toi au vert. Occupe-toi de ton môme, on va te protéger.

Mounir est moralement épuisé et fauché par la peur. Il est en sanglots, la tête contre le volant de sa Peugeot.

Sur le trajet qui les ramène au commissariat, Michael dévisage son collègue.

– Stéphane, qu'est-ce qui se passe ? Tu te rends compte de ce que tu fais ?

– Je le sens pas ! Je le sens pas ! J'aurais dû le fumer !

– Qu'est-ce qui t'arrive ? Putain mais il a rien fait le type. On l'a essoré. Regarde les thunes qu'on a prises.

– C'est une pute…

Michael ne dit plus un mot, il prend sur lui mais n'adhère pas à ces méthodes.

Les effectifs de police mobilisés pour faire tomber la famille Bensama sont en réunion. Le patron et le capitaine exposent les éléments. Une vingtaine d'hommes, Stéphane et Michael en première ligne, écoutent les ordres.

– On a réussi avec les inspecteurs de la BAC et ceux des Stups à dresser un plan de la famille Bensama. C'est un réseau de guetteurs, de porte-flingues, de vente en gros et de blanchiment d'argent. On a retracé le trafic depuis plusieurs mois. La famille génère cinq cents clients quotidiens à soixante-dix euros le gramme, les profits s'élèvent à trente-cinq mille euros par jour. Ce trafic leur rapporte entre douze et treize millions nets d'impôts par an. Ils ont investi dans l'immobilier et dans des fonds de commerce. Avec les derniers événements et la pression des politiques sur la ville, nous devons absolument les faire tomber. Leur arrestation doit servir d'exemple. La jeunesse des banlieues choisit ce genre de carrière criminelle de manière rationnelle. Les Bensama sont des figures emblématiques de la « narcotisation » des banlieues. Le cœur de leur trafic se trouve dans deux barres désaffectées de la cité Carter. Les dealers ont démonté les plaques blindées censées condamner l'entrée des appartements abandonnés. Des guetteurs surveillent les allées et venues autour de la barre. Dès le matin, les agents en planque ont compté cent vingt-trois individus, tous consommateurs, qui patientaient pour acheter leur dose. On a établi un plan sur les dix-huit étages des barres, avec les appartements occupés, vides et ceux squattés. L'office HLM n'est plus le bailleur, ce sont les frères qui gèrent tout. Ils contrôlent les accès et tout ce qui s'y passe. Les gens du milieu ont rebaptisé les Sablières les Poudrières en référence à l'abondance de cocaïne. Saïd, le frère aîné, contrôle l'organisation locale du deal. Kader fournit la came et assure le transport. Lakhdar, le grand frère, gère les porte-flingues. La famille emploie vingt-quatre personnes. On a tous les dossiers. Nous pouvons d'ores et déjà briser le réseau, mais nous voulons les trois têtes. Ils savent que nous les surveillons et doivent avoir des appuis car aucune des perquisitions n'a abouti. D'ici quelques semaines, un convoi de Go Fast doit remonter, nous attendons des informations. Kader sera à la tête de l'opération. Il ne peut pas laisser une quantité aussi importante entre les mains de n'importe qui. Enregistrez tous les faits et gestes des vingt-quatre individus. L'heure à laquelle ils chient, ils mangent, ils toussent, ils baisent ! Tout !

Les policiers quittent la salle de réunion. Stéphane croise un type de la BRB.

– Stéphane Kabiri… Comment tu vas ?

– Ça va et toi ?

– Devine…

– Quoi ?

– Ils ont pété le Marseillais.

– Ah ouais. Ils l'ont eu comment ?

– Un coup de fil. Un type l'a balancé. Les collègues étaient contents, il a quinze affaires sur le dos.

– Putain, tu m'étonnes. Sinon les enfants ça va ?

– Ouais le petit est rentré en primaire.

– Cool.

***

Samedi 25 novembre 2006, 13 h 22
Saint-Denis

La famille Bensama organise une grande fête. Saïd, le frère cadet, se marie avec une meuf du bled. Elle restera à la maison, s'occupera des gosses et prendra des coups de poing dans la gueule quand il sera sous coke. Dans sa villa située dans une banlieue huppée du 93, Saïd ajuste sa cravate devant le miroir de sa chambre. Il va aller chercher sa future femme. Son père, assis sur le lit, l'observe.

– C'est ton jour, aujourd'hui.

– Oui.

– Saïd… Quand est-ce que vous allez arrêter vos trafics ?

– Quel trafic, papa ?

– Tu crois que je sais pas qui tu es, mon fils ? Je suis venu ici en 1964. J'ai construit ce pays avec mes propres mains. Ta mère m'a rejoint pour fonder une famille. Et regarde aujourd'hui dans quoi tu vis ? Au bled, tout le monde parle de moi et de mes fils.

– Papa…

– Y a pas de papa ! Je travaille depuis des années. J'ai fait tout pour que vous soyez des hommes. Vous êtes devenus des monstres !

– Papa, pas aujourd'hui. S'il te plaît.

– C'est pas aujourd'hui, c'est pas demain, c'est quand Saïd, que ça va s'arrêter ? Quand un de vous va partir dans un règlement de comptes ? Je sais pas comment vous faites, mais vous ne vous aimez pas. Ta mère et moi, on vous a élevés avec de l'amour. Et vous êtes pleins de haine. À chacune de mes prières, j'invoque pour que le mal qui est en vous disparaisse. Et malgré tout, je perds chaque jour l'amour que j'ai pour mes fils. Saïd, tu n'es pas mon enfant.

– T'as travaillé toute ta vie pour ce pays ! Et qu'est-ce que t'as gagné ? Une retraite de misère. Les maisons au bled, le regard de la famille, tu crois que ça vient de ton amour ? J'ai construit tout ça pour nous. Pour toi, pour maman, pour nous !

Le père Bensama gifle son fils.

– Pourquoi tu m'as giflé ? Pourquoi !

– Saïd. Je voulais pas. Je voulais pas.

Il s'approche de Saïd et pose sa main sur son épaule.

– Je veux que tu redeviennes mon gamin de cinq ans, que j'ai aimé.

Il s'effondre dans les bras de son fils.

– Arrête papa.

Le Hajd pleure, le jeune homme reste stoïque.

Les gros bolides sont de sortie et la mairie de Saint-Denis voit fleurir sur son parvis des caisses plus monstrueuses les unes que les autres : Lamborghini, Maserati, Ferrari… C'est le bal des quatre roues de luxe. Le cortège arrive à l'hôtel de ville avec un énorme vacarme de pot d'échappement et de klaxon. Saïd et sa femme sortent de la Roll's Royce. Un attroupement se forme autour du couple. Les proches frappent des mains et des pieds, et se mettent à danser au rythme des percussions. Les youyous et les sifflements retentissent sur le parvis. Un orchestre traditionnel marocain, derboukas et trompettes, joue pour la foule en liesse. Le couple lève les mains et danse, pendant que les invités les acclament. Le parvis ressemble à Jamâa El Fna. La police encercle tout le quartier. Les vingt-quatre suspects sont tous là. Ils sourient et dansent sous l'objectif du photographe de la cérémonie et des flics en civil qui prennent des clichés des principaux concernés. Stéphane, planqué dans un appartement, l'œil collé à l'appareil, capture le manège des dealers.

– Putain, c'est dingue. Ils sont tous de sortie ! Allez Lakhdar, souris !

– Même le jour du mariage de son frère, il fait peur !

– C'est clair.

– Regarde-moi les nanas qu'ils ont.

– Putain, la dope ça attire que les belles filles ou quoi ?

– C'est de la folie…

– Tous les voyous de la ville sont réunis. Une belle brochette.

La centaine d'invités patientent devant la salle de cérémonie. Le maire et ses adjoints arrivent, la musique s'arrête, et l'élu convie le jeune couple et leurs témoins dans la salle des mariages. Il attend que tout le monde s'installe et se met à lire le Code civil.

– Monsieur Bensama ici présent, acceptez-vous de prendre pour épouse mademoiselle Kacim ?

Oui.

– Mademoiselle Kacim, acceptez-vous de prendre pour époux monsieur Bensama ?

– Oui.

– Je vous déclare unis par la loi. Vous pouvez embrasser la mariée.

La mère du marié pleure. Son cadet s'est enfin rangé. Son père, lui, est muet, il connaît les trafics et les vices de ses fils. Les mariés et leurs invités sortent de la mairie, sous les jets de paillettes et confettis. Les youyous et les instruments reprennent de plus belle.

Les frères savent qu'une armée de flics immortalise cet instant. Avant de remonter dans sa Roll's, le caïd jette un œil vers les policiers cachés. Il fronce les sourcils et fait un signe de la main.

– Putain, ils sont trop forts !

– On dirait que c'est nous qui sommes filochés.

***

Samedi 25 novembre, 18 h 02

Stéphane et Hervé se sont donné rendez-vous à Saint-Ouen, sur les quais de Seine. Hervé sort une liasse de sa poche.

– Y a vingt mille euros. Les fiches des quatre types.

– Je te trouve pâle, t'as des soucis ?

– Non.

– J'ai du mal à te joindre, t'es souvent sur messagerie.

– Mon téléphone déconne…

– Nan, je pense pas.

– Comment ça ?

– Et le Marseillais, il ne veut plus supprimer sa fiche ?

– Nan…

Stéphane le fixe pendant quelques instants.

– Putain. Pourquoi tu me regardes comme ça ?

– Je suis flic et donc je suis au courant des arrestations. Le Marseillais t'a donné le fric et, toi, tu ne fais pas le nécessaire. Quelque part, tu m'enlèves le pain de la bouche, c'est pas très correct tout ça, hein ?

– J'ai eu une galère. Et puis j'ai réglé ça avec lui.

– Tu prends des risques, j'espère juste que t'as de quoi assurer derrière.

– Patrick est là si y a un souci.

– Tu sais c'est qui ton pote, ce fameux Marseillais ?

– Oui, un péteur de cartes.

– Pas n'importe lequel. Tu sais que je le connais, je l'ai vu grandir ce gamin. L'escroquerie, il a ça dans le sang.

– Oui je sais…

– Vous vous êtes connus comment ?
– Par le biais d'un mec de son quartier.
– Franchement il a des sous, celui-là. Je t'avoue que j'aimerais bien mettre la main dessus.
– Oui, je le vois rien qu'aux sorties qu'on a faites ensemble, mais c'est juste les cartes.
– Oh non. Crois-moi, s'il s'est fait attraper pour une quinzaine d'affaires, c'est qu'il en a fait cent fois plus.
Le flic plante sur Hervé un regard glacial.
– Hervé, juste une chose, on ne m'encule pas Hervé. On ne m'encule pas.

De retour au commissariat, Stéphane rapporte à Michael l'échange qu'il a eu avec Hervé.
– Quel enculé celui-là. Tu sais le Marseillais ?
– Ouais, le péteur de cartes bleues qui vient de tomber ?
– Ouais, c'est Hervé qui l'a balancé… Je pense qu'il y a un coup à faire. On peut monter un truc sur le dos de ce con. Il doit avoir un sacré paquet de fric.
– Tu crois ?
– Attends, il faisait que des Black Card, il a dû en coffrer du cash !
– Tu veux le péter comment ?
– À cette heure-ci, le Marseillais doit savoir qui l'a balancé. On tient Hervé par les couilles.
– Tu veux l'utiliser comme chèvre ?
– Le Marseillais va vouloir se venger. On va juste lui faciliter la tâche.

Lundi 27 novembre 2006, 09 h 42
Commissariat de Saint-Denis

L'agent me tire de mon somme et m'entraîne dans un couloir, jusque dans un bureau. Il m'enlève les pinces. L'inspecteur boit son café et m'en propose un chaleureusement. Sur la table, je vois l'argent liquide saisi chez moi, et par terre, les sacs de vêtements.

– On va rédiger ta déposition. J'espère que t'es décidé à tout nous dire. D'où viennent tous ces vêtements ?

– Je sais pas.

– Les dix-neuf mille euros ?

– Je sais pas.

– Tu travailles ?

– Non.

La série de questions se répète en boucle. Je raconte n'importe quoi pendant plus d'une heure. J'attends mon baveux. À chaque question, ma réponse est la même : je sais pas. En fait je sais même pas pourquoi je suis là. L'inspecteur termine de retranscrire ma déposition en me demandant si je reconnais les faits.

– Je n'ai rien à voir avec tout ça ! Si vous avez des preuves montrez-les moi, si vous ne me montrez rien c'est que c'est pas moi !

– D'accord…

L'inspecteur soupire. Patiemment, il tape, il n'insiste pas.

– Tu t'es fait arrêter sept fois pour des faits similaires, mais on n'a jamais saisi d'argent. Aujourd'hui on a deux cent mille euros de vêtements de marque et dix-neuf mille euros en liquide. Tu sais rien, mais tu portes des fringues qui correspondent à des achats frauduleux faits dans des boutiques de luxe avec des cartes volées. Pour toi, c'est logique ?

Depuis que je me suis fait pincer, les condés ont l'air admiratifs, comme si j'étais Rocancourt. Le chef que j'ai tenté d'amadouer pendant la perquiz entre alors. Il m'a enfoncé au lieu de m'arranger, c'est vraiment la merde. Je me demande vraiment comment ils ont débarqué.

– Comment vous m'avez pété ?

– On te suit depuis un moment.

– Mon cul, ouais ! Si vous me suiviez, vous m'auriez arrêté depuis longtemps !

Je n'aurai pas plus de réponse, l'inspecteur me ramène lui-même à ma cellule. Je rentre dans la cage et m'allonge sur le banc. Le lendemain matin, les inspecteurs me font signer ma fin de GAV et me conduisent au dépôt de Nanterre. Les flics tentent de me rassurer :

– T'inquiète pas pour ça, tu ne feras qu'un an. Tu n'as tué personne.

Ils sont contents, je suis mis entre parenthèses, et eux ont réussi à me péter. Je contiens ma rage. Je passe de la voiture banalisée à la cellule du dépôt. Deux nouveaux policiers viennent me chercher et me conduisent au bureau de la juge d'instruction.

En face du bureau de la magistrate, mon avocat, un Rebeu, m'attend. Le flic nous installe dans une pièce à part pour discuter, on a une demi-heure. Avec sa gueule d'escroc, il me fait croire que je vais pouvoir caresser les cuisses de la liberté, contre un gros paquet de billets. Il tient mon dossier à la main.

– Comment ils ont fait pour me péter ?

– C'est un appel anonyme qui t'a dénoncé. Il a donné ton adresse personnelle.

– Mon adresse ? Putain, ce fils de pute d'Hervé ! C'était le seul à savoir où j'habitais. La fiche, les cinq mille euros, sa mère ! Je suis trop con, j'aurais dû écouter Khaled.

– On passe devant la juge, tiens-toi bien.

– Je vais plonger, qu'est-ce que tu veux que je me calme ?

Il m'expose la manière dont il va me défendre et me demande si je peux lui fournir un acompte pour ses honoraires. L'argent est sa seule motivation.

Le flic entre dans la pièce, notre entretien est terminé. Il me remet les pinces. J'attends dans le couloir, avec l'avocat qui fait des allers-retours entre ses appels. J'entends des voix, des bruits de portes, de blouses et de pinces. Une jeune et charmante greffière me conduit dans le bureau de la juge. Elle me demande si je veux répondre à ses questions maintenant ou plus tard.

– Je peux vous répondre maintenant.

– Pourquoi avez-vous fait tout ça ? Reconnaissez-vous les faits ?

– J'ai rien fait, madame.

Mon avocat intervient :

– Madame le juge, je demande le placement de mon client en mandat de dépôt.

– Monsieur Visa, je vous convoquerai plus tard. Vous allez rencontrer le juge d'application des peines.

– Très bien, madame.

J'utilise les formules de politesse comme si je n'étais pas un délinquant. Dans le jeu de la justice, avant la case prison, je suis passé devant le juge d'instruction, maintenant c'est le JLD. L'homme d'un certain âge est froid, je fais ma victime.

– Monsieur, la prison ne va rien changer. J'ai arrêté mes bêtises depuis longtemps. S'il vous plaît, je suis jeune…

– Monsieur, votre dossier est trop chargé pour qu'on puisse vous remettre en liberté. Si vous n'aviez pas d'antécédents et que c'était un cas primaire, vous ne seriez pas inquiété. Mais vous avez été interpellé et déjà condamné pour vol avec violence, agression, escroquerie. Nous allons débattre, vous pouvez sortir.

Sur le banc, j'attends la décision du juge comme pendant un conseil de discipline à l'école. Sauf que là, ce n'est pas un renvoi, c'est la boîte de conserve, je vais être au frais. La délibération est tombée, on m'annonce la décision.

– J'ordonne votre mise sous écrou.

– Très bien, monsieur.

J'ai mal à la vie. Je vais en prison. J'ai cru à la liberté jusqu'à la dernière seconde, je ne pensais pas me faire pincer. Mes poignets sont de nouveau entravés. Je prends ma place dans le fourgon cellulaire. Dégoûté, je ne calcule pas les sept salopards présents dans leur petite cellule. Je ne supporte plus le bruit du gyro, il m'arrache le crâne jusqu'à notre destination : la maison d'arrêt de Nanterre. Fouille corporelle, on prend mes empreintes, on me délivre une carte de prisonnier. Je n'y crois toujours pas. J'embrassais tellement d'argent que finalement je me croyais intouchable. Je découvre ma cellule, dépose mon paquetage et prépare mon lit. Je me repasse le DVD de ces derniers jours. Les soirées en boîte, les flics qui m'ont finalement eu. J'ai la haine. Je zappe et je mate. Dans le bâtiment des nouveaux arrivants, les premières routines de la prison se mettent en place. Le directeur me reçoit, après que j'ai vu le médecin puis l'assistante sociale. Elle est mon contact avec l'extérieur, me donne les consignes pour le sport et les études. Je m'inscris à toutes les activités et je travaille pour gratter des remises de peine, tous ces trucs sont importants.

Le plus relou en prison, c'est de partager ta cellule avec des mecs qui sont des gros mythos. Mon codétenu, un mec du Val-d'Oise, me fait mal à la tête. Il me raconte que de la merde. Il est incarcéré pour de grosses affaires, le mec n'a même pas de pécule. Je le laisse dans ses salades.

Je fais ma première promenade. Je tourne. Dans l'autre cour, je vois un gars de Saint-Denis. Il m'interpelle.

– Wesh, tu m'as oublié ou quoi ? Wesh !

– Tranquille ma gueule, ça dit quoi ! Envoie un sac de cantine !

– Il se passe quoi dehors en ce moment ? Alors ils t'ont pété le Marseillais !

– Eh ouais.

– T'as des nouvelles de Mourad ?

– Ouais, il est à Bois-d'Arcy.

– Non, c'est pour ça que je n'avais pas de nouvelles. Et les petits d'Allende ?

– Ouais ils sont passés aux assises, ils ont servi d'exemple, trop de vols avec violence. Ils cassaient des bras pour un billet.

– Eh ouais, ma gueule !

Je sais qu'il va me mettre bien, c'est un des mecs qui a été inspiré par mes techniques avec les cartes. Mais, eux, c'est de la violence gratuite.

À l'heure de la gamelle, je reçois friandises, pâtisseries et le fameux quatre-quarts. Le gars d'Allende a assuré. Quelques jours plus tard, je suis déplacé dans le même bâtiment que le mec de chez moi. Je partage ma cellule avec un Réunionnais. Il est là pour trafic de stupéfiants, il est propre et ne parle pas. Je partage mes journées entre les promenades, les gamelles, la télévision et les coups de phone avec le portable introduit dans ma cellule. Quand à la musique, les premiers sur le rap sont Rohff, Booba, et les Cainris 50 Cent et The Game.

Les semaines passent, je me fais discret. Je repense à mes coups, les montées d'adrénaline me manquent. Je pense à ma mère qui m'avait dit de faire attention à mes fréquentations, elle savait ce que je faisais mais tenait à ce que je marche seul. Depuis mon enfance, elle n'a pu enrayer ma soif d'ambition. Malgré ses corrections et ses morales, je suis devenu ce que je suis, un virus. Je lui écris et passe des coups de fil. Khaled lui fait les courses. Je sais que si demain je partais, il serait là pour assurer.

Je demande un rapprochement familial après mes six premiers mois pour éviter à ma mère les longs trajets. Ma demande est acceptée, je suis transféré en fourgon de gendarmerie à Villepinte. Je n'avais pas entendu le son du gyrophare depuis longtemps, et ça me rappelle mon premier trajet. Je suis de retour à la maison, dans mon 93. Je sais que je vais retrouver tout le monde, les mythos, les gros bâtards et sûrement des potes et des putes. La plupart des mecs du 93 sont ici, et beaucoup viennent de chez moi, Saint-Denis. Des voleurs, des dealers, des violeurs, des braqueurs… et quelques innocents. Ici, les matons ont baissé les bras, il n'y a plus d'autorité. C'est la grande récré avec ses mineurs, et ses majeurs qui se comportent comme des mineurs. On me connaît bien ici, je suis le Marseillais et j'ai influencé toute une vague de jeunes sur Saint-Denis.

Le problème c'est qu'ils ne faisaient pas marcher leur tête, ils allaient tout de suite à l'extrême violence. Une chose est sûre, c'est qu'ils n'allaient pas durer dans le métier.

Ces fonctionnaires sont soupçonnés d'avoir donné des informations sur des enquêtes en cours à des malfaiteurs.

Un coup de filet qui, une fois n'est pas coutume, a visé des policiers. Six membres de la direction départementale de la sécurité publique des Bouches-du-Rhône et du Gard, dont une femme, ont été arrêtés mardi matin. Quatre de ses gradés et gardiens de la paix ont été interpellés à Marseille et deux à Nîmes. Ils sont soupçonnés d'avoir donné des informations sur des enquêtes en cours à des malfaiteurs. Des fuites qui auraient retardé plusieurs interpellations dans le milieu du grand banditisme.

Les suspects ont été entendus par l'Inspection générale de la police nationale. Quatre d'entre eux ont été remis en liberté mardi soir. Des renforts de l'IGS ont été envoyés de Paris pour épauler les officiers phocéens lors des auditions. Des perquisitions sont en cours. Trains de vie, appels téléphoniques et ordinateurs professionnels et personnels des gardés à vue vont être examinés.

De source proche de l'enquête, on n'hésite pas à parler d'« opération mains propres ». Un qualificatif qui déplaît à Alliance, deuxième syndicat de gardiens de la paix. Ce terme « jette l'opprobre sur les fonctionnaires de police alors que rien n'est encore prouvé à ce stade des investigations ». Le ministre de l'Intérieur, Brice Hortefeux, a exigé un « châtiment exemplaire » si les indiscrétions des suspects étaient prouvées.

Cette vague d'arrestations, prévue depuis plusieurs semaines, survient quatre jours après la mise en examen vendredi soir d'un enquêteur du Service régional de police judiciaire (SRPJ) de Marseille pour violation du secret de l'instruction. Cet enquêteur est lui aussi suspecté d'avoir alimenté le milieu en informations. Il avait été placé sur écoute avant le coup de filet de la Direction centrale de la police judiciaire (DCPJ) contre le grand banditisme marseillais début juin.

L'opération avait permis d'arrêter plusieurs « figures » dont les frères Campanella et Bernard Barresi en fuite depuis dix-huit ans. Mais elle avait aussi révélé que le dispositif policier n'était pas étanche. À plusieurs reprises, les malfaiteurs avaient échappé aux forces de l'ordre. Cependant, à ce stade de l'enquête, on ne sait pas encore si les policiers arrêtés mardi ont joué un rôle dans ces fuites.

Le Figaro

Troisième partie

Entre quatre murs

27 juin 2007-24 juin 2008

Mercredi 27 juin 2007, 14 h 01
Saint-Denis

La banlieue est énervée, ses trafics sont surveillés. Les effectifs de police l'espionnent depuis plusieurs semaines. Un gros bolide allemand est stationné devant la barre HLM abandonnée de cette commune sinistrée par la délinquance. Les graffitis et les tags recouvrent l'immense bâtiment. Les parpaings ont remplacé les vitres des appartements, les toxs ont fait fuir les habitants, les trafiquants ont fait démissionner les pouvoirs publics. Saïd et Kader Bensama sont appuyés contre la carrosserie du dernier modèle de chez Porsche. Une Audi Q7 entre dans la cité et s'arrête devant la grosse allemande. Le visage crispé, les narines gonflées et la mâchoire serrée, Lakhdar Bensama descend du véhicule. Il est très agacé.

Les paparazzi du commissariat déclenchent les zooms et se murmurent les consignes. Ils essayent de comprendre ce que font les caïds.

Les frères ont disparu à l'intérieur de la tour. Capotes, seringues et mégots recouvrent le sol. Au troisième étage, ils entrent dans un appartement vide. Saïd claque la porte. Lakdhar prend la parole.

– Sérigné est mort, et son frère s'est fait lyncher en promenade hier. Il nous a balancés ! Ces putains de négros, ils me foutent la rage !

– Tu veux savoir la meilleure…

– Quoi ?

– Qui a ramené Sérigné ?

– Je sais pas…

– Mounir Sadi… Le fils de notre tante.

– Non, c'est pas lui ? Pas notre cousin.

– C'est pas une balance ? Attends, comment t'expliques qu'il soit toujours dans la course ? Ils ont pété Sérigné. Ils sont sur nous, et lui… Rien ?

– Sérigné se fournissait chez lui. Et par qui il peut passer ?

– Les mecs des Hauts-de-Seine… Les mecs de Nanterre.

– J'ai vérifié. Les mecs de Nanterre n'ont jamais taffé avec lui.

– La putain de sa mère ! C'est les keufs qui le fournissent. C'est l'équipe qui détourne les scellés !

Saïd tape du poing contre le mur crade, la poussière forme un nuage dans la pièce. Il se mord les lèvres.

– Cette salope… Il travaille avec les keufs.

– Tu sais qu'on le voit plus depuis quelque temps.

– Ouais, depuis que Sérigné s'est fait péter. Et qui est son meilleur pote ? Pourquoi il s'est fait péter, et pas lui ? Tu piges le truc ?

– La putain de sa mère !

– On va lui faire manger ses couilles à ce chien.

Kader laisse ses frères s'emporter. Il faut toujours se méfier du chaud qui dort. Lui, c'est un vrai déglingué.

– Pour l'instant on arrête tout. On reprendra les affaires quand l'heure sera venue. Il faut s'occuper de Mounir. Tu sais où on peut le trouver ?

– Je sais.

– Et ben, on y va.

– Et les flics ?

– Quels flics ? Ces merdes qui encadrent le bâtiment ? Qui s'invitent à mon mariage ? Tu crois que c'est eux qui vont m'empêcher de m'occuper de Mounir ? Allez on y va.

Les Bensama regagnent leurs bolides. Les pneus braillent la rage des frangins et disparaissent sous la pluie qui commence à s'abattre sur la Seine-Saint-Denis. La police file Saïd. Il regarde dans son rétro et fait monter l'aiguille du compteur. Les deux flics suivent. L'Audi prend l'autoroute, le moteur gronde, Saïd slalome entre les poids lourds. Les flics le collent au cul. Il sourit et se rabat complètement à droite, les voitures klaxonnent. Le véhicule banalisé imite la manœuvre. Saïd se range sur le bas-côté. Les flics se garent derrière lui.

– Wesh… ça va les gars ?

– Saïd, tu kiffes trop ces délires.

– Éric, attends, t'as fait des formations pour ça. Messieurs les inspecteurs ! Alors quoi de neuf ?

– T'as tout le comico sur le dos. T'aurais pu attendre avant de fumer Sérigné.

– Attendre quoi ? C'est quoi le problème ? Vous avez pris vos thunes.

– Maintenant, y a des doutes au poste. Personne ne savait que Sérigné était en GAV. Personne ne savait où il était planqué. Tu vas nous cramer.

– De toute façon, vous le savez, ça va péter dans ce comico. Avec tout ce qui se passe. Je pense qu'on vous paye bien.

– C'est pas une question de thunes. C'est qu'on risque de se faire griller. En plus vous avez balancé le corps vous-même, devant des témoins.

– Hé, ça sert à rien de parler, ça va aller. Bon, je me barre, j'ai un truc à régler.

– Saïd, t'es infernal. On peut même pas discuter.

– Pour l'instant, je vous mets bien les gars, c'est tout ce qui compte dans ce business. Se mettre bien… Bon ben, vous direz que je vous ai largués sur l'autoroute…

Les caïds contrôlent aussi une partie du commissariat, et cela, même Stéphane et Michael ne le savent pas.

Épinay, dans un quartier résidentiel. Depuis deux heures, les frères Bensama sont en poste devant la baraque de leur cousin. Sa caisse est là, lui aussi. Ils ont téléphoné à son domicile et raccroché au son de sa voix. Lakhdar fixe la porte. Le visage marqué par la haine, les traits affirmés par les cicatrices de la délinquance, la bouche de travers.

– Putain de sa mère, il va sortir quand ?

– Tu sais quoi, il va sortir, tôt ou tard…

Les minutes passent et toujours aucun signe de vie, si ce n'est ce chat noir qui se faufile entre les grilles des maisons.

Le portail s'ouvre enfin en grinçant, Mounir sort faire une course chez l'épicier. Lakdhar explose, ses postillons se dispersent dans l'habitacle.

– Il est là ce fils de pute !

– Vas-y ! Vas-y !

Lakdhar appuie sèchement sur l'accélérateur, Mounir se met à fuir. Les deux frères sautent de la voiture et le rattrapent en quelques mètres. Kader le tient par le col et lui assène des droites en pleine gueule.

– Fils de pute ! Tiens ! Tiens sale chien !

Mounir pleure, le nez éclaté.

– Mais arrêtez, vous êtes fous !

Kader le prend par la nuque et l'emmène à l'arrière du véhicule. Lakdhar ouvre le coffre. Ils le poussent à l'intérieur et l'enferment. Le 4 × 4 bombarde.

– Mais vous faites quoi ? Sur le Coran, arrêtez… Pitié.

Il hurle sa détresse depuis le fond du coffre.

La nuit est tombée. Stéphane est parti à la salle s'entraîner. Il s'échauffe à la corde avec ses amis du club de boxe thaïlandaise.

– Les gars, on se prépare pour les accélérations ! Allez, plus que dix secondes. Neuf, huit, sept, six, cinq… On y va ! On monte les genoux, on souffle.

Le flic souffle et monte les genoux jusqu'à la poitrine. La corde siffle. Les minutes et les sonneries du chrono défilent, il a terminé l'échauffement. Il enfile ses protections, et monte sur le ring.

Après dix ans de pratique, il est devenu un des boxeurs phares du club. Il est fan de Jeremy, champion du monde des poids moyens. La star de Saint-Denis. Stéphane aurait aimé être boxeur, il a choisi une autre voie. Entre les opérations et les trafics au comico, il aime se retrouver ici pour régler ses conflits d'ego.

Ce soir, il tourne avec un ancien champion de France qui a débuté jeune et qui revient à la salle. Lionel a le mental muay thaï, et la rage de vivre. La salle est le seul endroit où les jeunes de cité peuvent envoyer des coups aux flics. Lionel commence par une série de coups de poing. Gauche, droite, crochet gauche. Il se décale et lui envoie un superbe coup de genou dans les flancs. Le flic est dépassé. L'entraîneur lui donne des consignes.

– Stéphane, le goût ! Le goût ! Il est en train de te provoquer et toi tu cherches le coup dur. Allez le goût !

Stéphane tente un large crochet mais son adversaire esquive et claque son tibia contre les côtes de son adversaire. Le flic en a le souffle coupé.

– Stéphane, ne cherche pas la force ! Relâche-toi !

La voix de Léon s'élève. Il s'agace de voir l'entêtement de son boxeur à vouloir coucher son adversaire. Lionel domine et continue à placer de belles parades.

– Allez Stéphane ! Allez ressaisis-toi !

Lionel croit mettre un terme à la séance avec un coup de genou sauté dans le plexus. Le flic pose un genou à terre, mais son orgueil le pousse à se relever. Il lance maintenant des coups dans tous les sens. Lionel reçoit une manchette en pleine tête. Il s'emporte et rend un coup de coude.

– Sale bâtard ! Tiens !

– Lâche-moi !

Léon intervient. Il s'interpose entre les deux boxeurs qui s'accrochent alors que le round est fini. L'entraîneur bouscule Stéphane.

– Mais qu'est-ce que c'est que ça ? T'es ici depuis dix ans et aujourd'hui tu déclenches une bagarre ! Mais qu'est-ce qui se passe dans ta tête bordel !

Stéphane fixe Léon qui le prend à part.

– Qu'est-ce que t'as ?

– Rien. Excuse-moi, c'est le boulot, c'est un tout.

– Quand tu viens ici, tu laisses tes problèmes à l'entrée.

– Oui. Je sais, j'ai merdé.

– Moi aussi, j'ai des problèmes au boulot. Moi aussi, je suis pas bien. Mais tout ça je le laisse dehors. Ici, je fais du sport, je viens transmettre le goût.

Le flic est attentif aux conseils de Léon. Le sage lui apporte beaucoup et Stéphane a du respect pour cet homme. C'est d'ailleurs le seul pour qui il en a.

– Stéphane, va travailler au sac. Tu vas te relâcher comme ça.

Le boxeur s'exécute et met ses gants de frappe. La sonnerie annonce le début du round. Ses tibias martèlent le cuir du sac. Il double la cadence.

Léon lui donne le rythme.

Dans une cave de la tour désaffectée, Lakhdar s'acharne à coups de poing, de pied et d'outils sur Mounir Sadi.

L'indic est dans un mauvais état. Il passe un sale quart d'heure. L'un des derniers de sa vie. Son visage est gonflé, son œil gauche crevé. Il pleure.

– Arrête Lakdhar. Wallah, je t'ai tout dit. Je t'en supplie, arrête.

Dans la salle de boxe, Stéphane enfonce son genou dans le sac. Lakdhar enfonce un couteau dans le bras de Mounir. Stéphane accentue le rythme de ses frappes. La sueur gicle sur le tatami. Mounir est à l'agonie. Son sang souille le sol de la pièce vide.

Stéphane a retrouvé l'œil du tigre.

Mounir vient de perdre la vie.

La cloche interrompt la partie.

Au-dessus du cadavre, Lakdhar entend la sonnerie du portable de sa victime. La femme de Mounir voulait l'avertir que son enfant est aux urgences.

Hier matin, un détenu de la maison d'arrêt de Fresnes (Val-de-Marne) a été tabassé à mort par un autre détenu lors de la promenade matinale. L'agresseur présumé, un homme de 27 ans, déjà condamné pour menaces, violences et agressions, a dans un premier temps été extrait de la prison et placé en garde à vue dans les locaux du Service départemental de la police judiciaire, à Créteil. L'expertise psychiatrique réalisée dans l'après-midi ayant conclu que son état n'était pas compatible avec une garde à vue, il a réintégré hier soir la maison d'arrêt de Fresnes. C'est là qu'il devrait être auditionné dès aujourd'hui par les policiers. Selon les premiers éléments de l'enquête, les faits se sont produits dans une des cours de promenade, entre 8 h 30 et 10 h 30. Les deux détenus étaient seuls. Pour une raison encore indéterminée, l'agresseur, réputé dangereux, aurait roué de coups sa victime avant de l'étrangler. L'agent pénitentiaire, qui surveille la cour depuis une passerelle en surplomb, n'aurait, selon différentes sources, rien vu. « La surveillante fait des allers-retours au-dessus de la cour. Mais il y a des angles morts. Les vitres de protection sont par ailleurs très sales. Il peut se produire une bagarre sans qu'on s'en aperçoive », indique l'une de ses collègues. Ce n'est qu'à 10 h 30, heure de fin de promenade, que les surveillants auraient découvert qu'un des deux hommes gisait au sol. Très grièvement blessée, la victime, un Marseillais de 46 ans condamné à plusieurs reprises pour des infractions à la législation sur les stupéfiants, a succombé à ses blessures à 11 h 30. Seule l'autopsie, qui sera réalisée dans les jours à venir, permettra toutefois de déterminer avec exactitude les causes de sa mort. On ne sait pas pour l'instant quels liens unissaient la victime et son agresseur. Tous deux étaient en attente de jugement et souffraient de graves problèmes psychiatriques. Précédemment incarcérés à la maison d'arrêt de Villepinte (Seine-Saint-Denis) pour le premier et à la maison d'arrêt de Nanterre (Hauts-de-Seine) pour le second, ils avaient dû être transférés à Fresnes où se trouve le service médico-psychiatrique régional.

Le Parisien

Mercredi 27 juin 2007
Maison d'arrêt de Villepinte

J'ai retrouvé toutes les crapules de ma ville. L'argent nous a rendus vaillants, vicieux et même violents, et nous a tous envoyés derrière les barreaux.

Je me suis mis avec un mec de chez moi, Zulu Boy. Au quartier, on se disait seulement bonjour, et aujourd'hui, on mange, on dort et on chie dans la même pièce.

– Alors ça dit quoi le Marseillais ?

– Rien, on étouffe ici, mais bientôt la sortie, sa mère.

– De toute façon je m'en bats les couilles. Nique sa mère la justice.

– Viens, on tourne poto.

On traîne les semelles de nos Nike le long des grilles de la cour. On passe devant la table de ping-pong et le terrain de basket. Ici, c'est pas *Prison Break* ou *Oz*, c'est plutôt comme si t'étais puni et que tu devais rester à la cité. Une centaine de têtes tournent en promenade. Les mecs de Montreuil lâchent des regards qui puent la défaite. Je viens d'arriver, il va falloir que je fasse ma place. Les premiers jours, t'es obligé de prouver que t'es un bonhomme. Les ennemis matent de travers, chuchotent par-derrière. Zulu Boy les garde en ligne de mire. Un western oculaire a commencé. Les tours de promenade se succèdent et la tension monte d'un cran à chaque passage. On est deux, ils sont trois, et ils croient quoi ? Je vais voir celui du milieu, un Renoi avec un regard de pirate.

– Hé, t'as vu, depuis tout à l'heure vous nous regardez, si vous avez un problème avec nous, faut le dire. Que ce soit clair !

– Non, y a rien, mais on sait pas si vous allez vous mêler de l'embrouille avec les mecs de chez vous. L'autre, il a voulu faire le mec chaud et ils se sont mis à plusieurs sur un des nôtres. Maintenant on se méfie, gros ! Vous êtes de Saint-Denis, vos potos aussi. On ne sait pas ce que vous voulez faire.

– Ah d'accord.

J'entends des bruits de baston, je me retourne. Zulu Boy et les deux autres gars s'en mettent plein la gueule. Je fonce et envoie une rafale de coups de poing larges sur un des gars. Mes coups le font reculer, il est bloqué contre la grille. Je tape de plus en plus fort, de plus en plus vite. Une foule s'est formée autour de nous. Nous sommes dans une arène et mon adversaire crache du sang. Plus ça gicle, plus ça hurle, l'hémoglobine excite les taulards.

– Baise-lui sa mère !

– Nique-le, nique-le !

Je n'entends plus rien, je suis dans une mêlée de rugby. Je balance des patates, j'en reçois, j'encaisse tranquille. Deux autres gars viennent en renfort et d'autres de Saint-Denis s'en mêlent. La bagarre devient générale. Le mec que j'ai tapé reste au sol. J'arme un putain de penalty.

– Y a les surveillants !

Je bats en retraite. Je saute le muret et je marche vite sans me retourner. On reprend la promenade et je golri avec les potos de Saint-Denis. On les a malmenés, dommage qu'on nous ait arrêtés.

– C'était chaud sa mère !

– Ah ouais, ils ont rien compris ces bouffons.

Dans notre cellule, on continue à rire de cette altercation. On se checke, la tension redescend. Je réalise que

Zulu Boy est un vrai bonhomme. À ma sortie, je travaillerai avec lui. Il s'est fait péter pour un braquage. Avec un de ses potes, ils ont séquestré une employée de banque. Ils guettaient la meuf qui venait charger les tirettes, ils l'ont poussée dans le sas, l'ont ligotée et ont pris le magot : cent cinquante mille euros. Un bon billet sa mère ! Ils se sont barrés en bécane et ont déposé le sac dans la bagnole de Zulu Boy. L'affaire était dans le coffre. Mais des témoins ont noté la plaque. Quand ils sont arrivés à la cité avec le butin, une armée de flics a cueilli Zulu Boy, et son complice s'en est tiré. Mon pote n'a pas balancé. Il a été jugé et condamné à quelques années de ballon. Il attend de sortir pour tenter un nouveau coup.

L'excitation de la bagarre m'a mis dans l'ambiance. Zulu Boy fait tourner un clip de 50 Cent sur mon ordi : *Gunz Come Out*. Dans la vidéo, le Renoi et son équipe du G-Unit sont calibrés. Il s'est mangé neuf balles, ce mytho ? Putain, je sais pas qui les a tirées, mais avec une bastos, je l'aurais laissé sur le bitume. J'ai la dalle. Une putain d'envie de me taper et d'en finir avec ces bouffons, de tirer mon penalty. Fifty ambiance la cellule sur le beat :

Ya'll niggas know (wut wut ya'll niggas know what i'm about) / Ya'll niggas know, find me at my do' when the guns come out.

– C'est cainri, mon pote ! T'es fou, mec, c'est cainri !

– Au lieu de te croire aux States, je vais te mettre de la musique.

Je fais tourner *La Bohème* d'Aznavour. La chanson commence et Zulu Boy éclate de rire.

– Wesh, t'es un ouf ! Ils t'ont fait tomber sur la tête en GAV ou quoi ? T'as reçu trop de coups de Bottin ? C'est de la musique de bouffon !

Je chante en le regardant :

Je vous parle d'un temps / Que les moins de vingt ans / Ne peuvent pas connaître. / Montmartre en ce temps-là / Accrochait ses lilas / Jusque sous nos fenêtres / Et si l'humble garni / Qui nous servait de nid / Ne payait pas de mine / C'est là qu'on s'est connus / Moi qui criait famine / Et toi qui posait nue...

– C'est toi qui poses tout nu, mon frère. C'est quoi ton délire. Au quartier j'avais entendu des trucs chelous mais t'es un ouf ! Ça va finir en baston dans la cellule mon frère, c'est quoi ces musiques de Français.

Une heure après, Zulu Boy ne chambre plus. Il écoute des paroles qui le captivent. *Morgane de toi*. À la fin de la chanson, il me demande de la repasser. Je lui fais découvrir *Mistral gagnant*.

– C'est l'instru de Booba, *Pitbull* !

– Ben ouais, mon frère, tu crois quoi ?

– T'as vu, comme je galère, j'écris des textes de peura.

– T'es un ouf, ton surnom de Zulu Boy vient de là ?

– Ouais, au quartier je faisais des freestyles de ouf. J'ai rencontré des mecs du peura, mon frère. Mes cousins ils rappaient avec les gars de Kool Shen. J'ai fait quelques radios et tout.

– Arrête, mytho !

– Je te jure !

– T'as le temps de rapper, toi ?

– Frère, y a que ça à faire. Des petits freestyles sur la zonpri, tu vas voir. Je fais un morceau, dès que je sors je le fais produire.

Zulu Boy était sérieux, il avait sous son matelas une tonne de feuilles manuscrites.

Je prépare la gamelle sur du Renaud, mon codétenu se laisse charmer par les mélodies. Je mélange des pâtes, du poulet, des oignons et de la crème fraîche. Tu manges par nécessité, tu pompes par habitude, tu rêves de liberté, c'est psychologiquement rude. J'incite Zulu Boy à régler nos comptes. Je fous une boîte de conserve dans une chaussette, c'est le moyen le plus efficace pour défoncer les fortes têtes.

– Ma gueule, pas besoin, s'ils bronchent on les punit.

– Non, ils sont plus nombreux que nous, je leur laisse pas de répit.

– Tranquille.

– Tu te déballonnes ou quoi ?

– Cousin, on les a eus hier.

– J'ai envie de le finir, l'autre grande gueule.

La nuit, les taulards crient comme des animaux. Ceux qui sont silencieux se vident les couilles sous leur couette. J'attends le dernier passage des surveillants et passe un coup de fil.

– Allô, Khaled ?

– Oui, Ilyès.

– Ouais, ça va ?

– Haimdoulah. Et toi, ça va ?

– Ouais. T'as pu apporter des trucs à ma daronne ?

– Ouais, c'est fait, elle a tout ce qu'il faut, j'ai acheté un mouton aujourd'hui.

– Merci, Khaled.

– Non, tranquille. J'espère que tu fais pas le con là-bas.

– Non, rien. C'est galère ici.

– Reste tranquille, j'espère que tu vas bientôt sortir.

Ce con de Zulu Boy ronfle et parle dans son sommeil.

– Je t'aime, mais oui chérie… On va partir dans les îles avec un gros paquet de fric.

Je golri. J'en aurai des dossiers au quartier ! Je balance un coup de pompe dans son matelas. Il ne réagit même pas et continue sa nuit virtuelle avec sa chérie. Mes paupières s'alourdissent, je pars moi aussi vers un profond sommeil.

Quand je rouvre les yeux, la prison dort. Zulu Boy est encore sur son île. Je fais quelques séries de pompes avant d'aller retrouver les mecs de Montreuil pour finir ce que j'ai commencé. Je mets mes chaussures et prends la chaussette chargée de la boîte de conserve que je fous dans mon froc. Je marche dans les couloirs gris de Villepinte. Les allées sont calmes, la population carcérale n'a pas encore émergé. J'arrive dans la cour. Les gars de Montreuil sont de l'autre côté du mur. Ils sont en train de hagar un type de chez nous qui s'est mêlé de la baston.

– On va te défoncer ta mère !

Je me précipite, gonflé par le clip de Fifty et la gamelle de la veille.

– Hé, viens voir !

Le plus grand des trois se plante en face de moi. Je fronce les sourcils et le regarde dans les yeux. Je m'apprête à sortir ma chaussette pour la lui balancer en pleine face.

– Si t'as un problème, on le règle tout de suite !

Il hoche la tête, sourit nerveusement puis me pointe du doigt.

– Hé mec, je travaille avec des mecs comme toi. T'es un bonhomme.

Je suis surpris par son attitude. Il se met à rire et sort une chaussette de son froc. Je rigole et sors la mienne.

– Ah ouais, toi aussi, une boîte de thon…

– Ouais ouais ouais.

– Poto, t'es direct.
– T'es un bonhomme.

Zulu Boy est vénère. À son réveil il n'y avait pas de fric, pas d'île et pas de fille.

Un capitaine de la brigade des stupéfiants de Strasbourg et sa maîtresse, greffière au tribunal de grande instance, doivent comparaître à partir de mercredi devant le tribunal correctionnel de Strasbourg pour leur implication dans un trafic de drogue issue de scellés. Numéro deux de la brigade au moment de son interpellation en mars 2007, François Stuber, 46 ans, aujourd'hui révoqué de la police, avait alors toute la confiance de ses supérieurs. À tel point que c'est à lui qu'il revenait de porter à l'incinérateur les saisies de stupéfiants pour les y détruire.

Mais ce sont précisément 4,2 kilos d'héroïne issue de ces saisies que découvriront les enquêteurs de l'Inspection générale de la police nationale (IGS) lors d'une perquisition au domicile de sa maîtresse Laurence Hamon, une greffière de 37 ans. Le policier a été trahi par son indic, un dealer déjà condamné pour trafic de stupéfiants, recruté en 2002. À l'époque, François Stuber l'avait tiré d'une affaire de trafic où il était impliqué, en échange de bons tuyaux. Très vite, il lui a également proposé de revendre des stupéfiants, issus des saisies, auprès de son réseau de clients. Pour qu'on ne voie que du feu dans les saisies à détruire, l'herbe de cannabis était remplacée par de la paille achetée dans une jardinerie, et la cocaïne par du paracétamol écrasé et mélangé à un peu de drogue, afin que le mélange continue à réagir positivement aux tests toxicologiques. Au total, l'indic affirme avoir remis entre 2003 et 2006 quelque quatre cent mille à cinq cent mille euros à son patron. Une ampleur que nie l'intéressé, qui affirme n'en avoir retiré que mille cinq cents à deux mille euros par mois, tout en reconnaissant s'être retrouvé pris dans un engrenage d'endettement. L'indic a fini par dénoncer le policier fin 2006 pour se libérer des pressions et de « l'esclavagisme » dont il se sentait victime, affirmant qu'il était contraint de vendre toujours plus, et même d'effectuer gratuitement des petits boulots au domicile conjugal de M. Stuber. Accusé de trafic d'héroïne, cocaïne, cannabis, subutex et amphétamine et de détournement de scellés, le policier reconnaît presque tout, hormis d'avoir ordonné à l'indic la mise en place d'une filière d'importation de cannabis en provenance des Pays-Bas. Sa maîtresse, qui dit n'avoir agi que par amour, est quant à elle poursuivie pour avoir, entre autres, participé au stockage des produits et au blanchiment de l'argent de leur revente, et avoir en outre soustrait une pièce d'un dossier d'instruction. Au cours de l'enquête, elle avait également admis avoir profité de sa position pour vérifier des noms dans les ordinateurs du tribunal, pour informer le réseau d'éventuelles procédures en cours. Outre le couple et l'indic, sept autres personnes impliquées à des degrés divers dans l'affaire doivent comparaître à la barre.

AFP

Jeudi 28 juin 2007, 01 h 05
Paris

Le portable de Stéphane sonne. Il s'est endormi chez Elvira.

– Allô ?

– Ils viennent de retrouver le corps de Mounir Sadi sur l'aire de repos de La Courneuve ! La Crim est sur place.

– Oh putain, j'arrive.

Stéphane saute du lit. Il enfile son jean, son sweat, son cuir et sa paire de Nike. Elvira, qui prend un bain moussant au parfum d'agrumes, entend la porte claquer.

Le flic sort le gyro. Il trace. PIN PON PIN PON ! Porte de la Chapelle. Entrée autoroute A1. Il appuie sur le champignon. Le tunnel de l'A1, le Stade de France, les blocs des cités. Il déboîte à droite, ses pneus crissent. Au loin, un cordon de policiers. Il ralentit jusqu'au barrage.

Il fend la foule de képis, Michael l'attend au centre du périmètre.

– Alors ?

– Il s'est fait massacrer. Œil crevé, bras percés, doigts coupés. C'est sans aucun doute les mêmes meurtriers que pour Sérigné.

– Putain, les Bensama.

Les deux flics pensent à la même chose. Ils s'écartent du groupe.

– Tu penses qu'il nous a donnés ?

– Je le crains.

– On va avoir l'IGS sur le dos. Il va falloir se faire discrets.

– Putain de sa mère ! Je t'avais dis que j'aurais dû le buter !

– Il savait qu'il allait y passer. J'espère qu'il n'a pas parlé.

– Je crois qu'il faut pas rêver. Il a balancé son meilleur pote parce qu'il commençait à monter…

– Ouais.

L'IGS a déboulé au comico. Un coup de fil anonyme les a informés sur le détournement des scellés. Le capitaine a été pris en train de transporter de la paille et du paracétamol réduit en poudre. Il a été mis en examen et a donné sept de ses complices. Les flics veulent tout le réseau. Le commissariat de Saint-Denis a été retourné. Le service des stups a été perquisitionné.

Dans une des salles d'interrogatoire, deux hommes questionnent le capitaine. L'appel anonyme a permis d'établir une liste de noms. Trains de vie faramineux : voiture de luxe, tourisme sexuel et sapes de haute couture, les principaux concernés n'ont pas été discrets.

– D'où vient ce fric ?

– J'ai gagné de l'argent au jeu.

– Tous les mois ?

– Je vous l'ai dit, j'ai gagné de l'argent.

– C'est pas l'argent des scellés ? Depuis combien de temps tu fais ça ?

– Je sais pas de quoi vous parlez.

– Combien de fois, je t'ai dit ?

– Je sais pas de quoi vous parlez.

– Quelle quantité ? Cinq, six kilos ?

– Kilos de quoi ? Je sais pas.

– À qui tu refourgues la dope ?

– Je sais pas. J'ai rien à voir avec tout ça.

– Les deux hommes retrouvés assassinés, Mbana et Sadi. C'est vous ?

Mâchoire serrée, le capitaine se tait.

– C'est ça la nouvelle police. Mettre le deal à votre service. C'est pour ça que t'as tué ces deux mômes !

Le capitaine gueule.

– Je n'ai jamais tué ces gamins ! Jamais !

– Alors qui ! Qui !

– Les Bensama, tout le monde le sait !

– Ah ouais, tu travailles avec eux. C'est pour ça que tu les as tués ?

Le capitaine sent l'étau se resserrer. Mais il ne dit rien. L'agent de l'IGS le prend de haut.

– Tu vas prendre pour les autres. Tu ne veux pas donner de noms, tu feras leur peine pour eux. Ton fils Nicolas, qui est en primaire, tu penses à lui ? Dans la cour d'école, il entendra : mon papa à moi est un gangster. Quand tu sortiras ton fils aura peut-être vingt ans. T'auras pas été là pour lui et il consommera sûrement la came que t'as continué à faire tourner. Et il tombera lui aussi.

Le capitaine encaisse. Il s'en veut, et c'est sous les pinces qu'il s'en va.

***

Cela fait déjà plus de deux mois que Mounir est mort. Les frères Bensama ne sont pas tombés. Quand on veut la tête des caïds, il faut se renseigner sur leurs appuis et leurs amis dans la police. Éric et Cédric, deux inspecteurs du SRPJ 93, sont leurs yeux et leurs oreilles au commissariat, mais aussi leurs hommes de main sur le terrain. Éric est d'ailleurs l'auteur de l'appel anonyme.

Saïd a demandé à sa taupe de ne pas donner Stéphane et Michael, il préfère les laisser en liberté pour venger son cousin de ses propres mains.

Le fils de Mounir a grandi, il a un an maintenant. Son père est enterré au cimetière musulman de Bobigny. Sa femme pleure son mari. Sa mère pleure son fils chez la mère de son meurtrier. Si, si la famille.

Le procès a duré trois jours. Le verdict tombe : le capitaine écope d'une peine de prison ferme. Six ans. Stéphane est passé à travers les mailles du filet. Les hommes de l'IGS ont remué la merde. Ils ont découvert qu'en plus du trafic de stups, des gardiens de la paix s'adonnaient à d'autres activités illégales. Le commissaire est lui aussi convoqué dans le bureau de l'IGS. Le patron le jauge avec colère.

– Vous n'êtes pas capable de tenir vos hommes ? C'est quoi ce commissariat ? Trafic de stups, vols, abus sexuels. C'est ça la police en banlieue ?

– J'assumerai.

– Vous avez lu les journaux ? La police est montrée du doigt. J'ai demandé votre suspension ! Une affaire, d'accord. Mais là, dix hommes concernés, c'est une honte. Une honte !

Le poste de police a été nettoyé et le commissaire a été muté dans un petit commissariat au fin fond de la Corrèze. Un nouveau patron a repris les rênes de la police dionysienne.

Vendredi 14 septembre 2007
Maison d'arrêt de Villepinte

Zulu Boy joue à PES. Allongé dans mon lit, je regarde vaguement une série policière allemande, un type se fait renverser. Je me laisse aller à mes souvenirs, je repense à un de mes coups.

Je fais la queue à la caisse avec un gros bouquet de fleurs pour ma meuf, dans un quartier chic. En mode lover. Devant moi, une femme d'une trentaine d'années sort une Black Card. Mes yeux ont photographié son code. Je donne un billet à la commerçante, la femme est déjà en train de traverser la rue. Pendant qu'elle range ses courses dans le coffre, je traverse à mon tour. Elle démarre. Je me jette sur son capot. BOUM ! Je roule et je tombe au sol, comme un vrai catcheur.

Les passants s'approchent, curieux, je fais le mort. Elle sort de sa voiture et se penche sur moi.

– Je l'ai tué, non ! Je l'ai tué !

Elle se met à chialer. Alors qu'elle tente de prendre mon pouls, je me lève en criant.

– Mes fleurs ! Mes fleurs !

Elle a hurlé de peur.

– Mes fleurs, elles sont où les fleurs pour ma mère ?

Elle se retranche dans sa voiture. J'exagère comme Belmondo dans *Le Guignolo*. Elle pleure. Je prends et remplace sa carte bancaire, je titube et m'agrippe à un passant.

– Pardon monsieur, pardon.

– Calmez-vous, monsieur !

– J'appelle la police, un ami. Ils vont venir. J'ai mal.

Je sors mon téléphone.

– Viens vite ! Je me suis fait renverser ! Je suis à l'angle de la rue de Passy et de la rue Vital. Madame, attendez-moi je reviens !

Toujours choquée, ma victime s'est laissée abuser et mon complice m'attend au coin de la rue. Je monte dans la voiture et je m'assure que les passants ne notent pas la plaque. Nous bombardons au distributeur le plus proche. Huit mille euros ! Dans la voiture, je tente de me calmer mais le fric m'a mis dans un putain d'état. Les pancartes du boulevard périphérique défilent.

– Wesh, gros, on est arrivés !

– Frais.

Je sors une liasse de billets de ma poche.

– Cimer, gros.

– Tiens, attends. Pour la daronne et la petite sœur.

J'ai fini ma soirée du côté de la place Vendôme à claquer des gros sous avec Hervé et des potes, enfin, des mecs qui étaient là par intérêt. Je le savais, mais j'aimais voir comment les autres se travestissaient pour de l'argent. Je me faisais passer pour un mec recherché, je jouais le gangster.

L'argent ne fait pas le bonheur, pourtant, il peut changer ta vie. Il avait changé la mienne. Je repense à Many qui m'avait fait découvrir tout ça. Je pense à Tony Montana qui a terminé le nez dans sa came. Ma dope, c'était l'adrénaline, je ne pouvais plus m'arrêter. Je me rassurais en pensant que contrairement à l'alcool ou à la drogue, cette dépendance ne pouvait que m'enrichir. Je me trompais, elle m'a mené entre ces quatre murs. Je me suis fait pincer à cause de ce chien d'Hervé, qui avait bien profité de moi et de mon argent. J'ai des pulsions, je veux le voir crever devant moi, le voir en sang, car il m'a pris pour une baltringue.

Zulu Boy m'arrache de mes pensées.

– Poto, téma, j'ai gratté un couplet, façon *Demain c'est loin*. C'est sur les GAV, tout ça !

Zulu Boy prend sa respiration et se lance :

« Mentalité ghetto, business de stupéfiants, escrocs et dealers à la pelle, criminels, délinquants. Saisies en tonnes qui n'étonnent plus, génération coups de tête, cramée du Rocma jusqu'au Mali, parcours tordu jusqu'à l'impasse, haleine qui pue le bitume. Sirènes de police, course-poursuite, adrénaline dans les foulées, passement de pinces, dernier coup de sifflet. GAV en mode muet, prise d'empreintes, alibi en toncar, baveux crevard, à la barre, identité dévoilée, délibération, sentence prononcée, parents effondrés, atterrissage case prison. Numéro d'écrou, vice sous les verrous, bagne qui t'ouvre les bras, draps et oreillers à l'entrée, moral au plus bas, chiffres en guise de papier. Juge insultée de pute, balance, si je sors je te bute ! Larmes de rage, promet d'être sage, remise de peine donc moins de haine, passage à table, perpétuité évitée, dette envers la société, erreurs chèrement payées, braqueur écroué, bloqué, face au mur de la zonzon, planque pleine de liasses, d'argent sale, haine contre le système, mythos et chiens de la casse en grand nombre, qui parlent que de seum et de gros plans, diplôme du crime, BTS braco, apprentissage pénitentiaire, pelote des filles sur des posters, hémorroïdes devant ton codétenu, seul moyen d'évasion un morceau de chichon, matelas plein de pisse, amitiés bidons, pensées sombres et rêves mis à l'ombre, ennemis décidés à te faire béton, creusent ta tombe, bienvenue dans le cauchemar carcéral. »

– Putain, ça déchire ! Passe-moi la feuille que je la lise.

– T'es un ouf, c'est mon texte !

– C'est toi le ouf, tu veux que j'aille où avec dans cette taule ?

– Je sais pas, t'as vu.

Jeudi 8 novembre 2007, 21 h 06
Salle de boxe de La Courneuve

Tous les médias parlent du scandale du commissariat de Saint-Denis, mais Stéphane ne peut s'empêcher de continuer ses trafics. Effacer les fiches de recherche, saisir des stups sans les déclarer, tabasser les petits dealers…

L'entraînement vient de se terminer. Les adhérents du club fêtent la victoire de Raouf. Léon, vêtu d'un short à son nom et d'un tee-shirt, raconte le combat devant la soixantaine de pratiquants.

– Je vous demande d'applaudir Raouf, il a affronté Tché-Tché, un très bon boxeur.

Les applaudissements explosent. Le boxeur remercie d'un signe ses camarades de salle.

– Demandez-lui comment s'est passé le combat ! Il a mis du goût dans ce qu'il faisait. Tché cherchait le rapport de forces, Raouf a été plus malin, il a cassé sa tactique. C'est ce que je vous demande. Arrêtez de chercher le coup dur, la force.

Les yeux de Léon visent ceux de Stéphane. Le flic capte le message.

– J'ai vraiment pris du plaisir à coacher Raouf et j'ai même rigolé. Quand je suis passé dans la salle, un spectateur a dit : « Il est très fort ce Raoul ! »

Les boxeurs rient.

– Tout ça pour vous dire que partout où l'on passe, les gens se souviennent de nous.

Tony, l'autre entraîneur, prend la parole.

– Le club existe depuis 1983 et aujourd'hui, en 2007, on est encore là. On est là pour montrer qu'on est une famille mais aussi qu'on est très stricts. Je vous invite à vous retourner et à profiter des boissons et des gâteaux que nous a apportés Raouf pour fêter sa victoire. Merci Raoul !

Alors que Stéphane quitte le complexe sportif, une Audi Q7 s'avance lentement vers lui. La vitre côté passager se baisse. Le flic reconnaît le cadet des Bensama, Saïd.

– Comment ça va Stéphane ?

– Qu'est-ce que tu veux ?

Le caïd regarde à gauche, à droite, puis fixe le flic avec colère. Son visage devient aussi sombre que son costume.

– Alors, comment ça se passe ?

– Tu dois le savoir puisqu'on a des amis en commun…

– Non, je ne parle pas de ça.

Sueur sous les aisselles, le flic a chaud. Des gouttes suintent sur son front. La haine perce dans le regard du caïd.

– Je sais très bien que t'es responsable de la mort de mon cousin. Paix à son âme.

– C'est toi qui l'as tué. Sa mère doit bien chialer, alors que les assassins ont le même sang que son fils.

– Ta gueule !

– Ça te fait chier d'entendre la vérité.

Saïd saisit son arme.

– Quand je te dis ferme ta gueule, tu fermes ta gueule !

– Ah t'es comme ça ? Tu sors un flingue sur un parking.

– Non. Je suis plus intelligent que ça. Mounir, c'est mon cousin. Tous les jours je vois sa mère pleurer.

J'assume ma part dans tout ça. Mais c'est toi qui l'as poussé à bout.

Stéphane a les poings et la mâchoire serrés, son cœur s'emballe. Aucun témoin. Il est à la frontière du malaise, au péage de la terreur, la mort le braque à bout portant avec un 11.43.

– Tu n'es plus rien aujourd'hui. Je suis content de savoir que tes collègues prennent du bon temps sous les verrous. T'es seul avec ton larbin. Pendant les premières semaines tu t'es tenu à carreau. Mais c'est plus fort que toi, t'as envie de repartir dans tes trafics. Le jour où tu vas béton, je t'écrirai, et peut-être même que je te rendrai visite au parloir. Au mieux tu vas moisir au comico de Saint-Denis. Au pire, un de tes indics va te trouer. Si tu ne t'étais pas mêlé des affaires des autres, Mounir serait encore en vie. Paix à son âme. Ton destin sera encore plus mutilé que le sien !

– Saïd, je sais pas quel film tu penses jouer, mais c'est vous qui allez tomber.

Bensama ne peut réprimer un sourire.

– Tu iras en enfer avant moi, et d'ici là, tu vas souffrir. Sur la tête de ma mère ! Qu'elle crève à l'instant si je te vois pas mourir à petit feu.

Saïd range son arme, Stéphane le regarde partir. Sa peur s'éloigne avec lui. Maintenant, il est fixé sur les intentions des Bensama. Il pousse un long soupir. Ses mains tremblent. Il s'effondre à l'intérieur de sa caisse.

– Qu'est-ce que je vais faire maintenant ? Putain.

Arrivé sur le parking du commissariat, il coupe le contact et reste assis. Quinze minutes passent. On frappe à la fenêtre. Michael.

– Ça va ?

– Ouais Michael, j'ai un coup de fatigue.

– Tu te sens pas bien ?

– Non, pas le top.

– Qu'est-ce qu'y a ?

– L'entraînement m'a épuisé.

– Il boxe bientôt ton champion ?

– Ouais, bientôt.

***

– Commissariat de Saint-Denis, bonsoir.

– Monsieur ! J'habite en face du McDonald's de Stains, y a des jeunes qui viennent de mettre des cagoules, ils vont braquer le McDo, ils sont armés !

– D'accord. Monsieur donnez-moi votre nom.

– Non je veux pas, mais faites quelque chose, il va y avoir des morts !

– Très bien monsieur, on intervient.

L'agent prévient les services.

– Alerte braquage au McDonald's de Stains !

Les talkies des patrouilles font circuler l'information. « Braquage au McDo de Stains, quatre individus cagoulés et armés. » Stéphane et Michael enfilent leur gilet pare-balles. Les voitures sont déjà en route. Les voleurs sont entrés et tiennent en respect les employés du fast-food. Les clients se sont réfugiés dans les toilettes. Les braqueurs en herbe vident les deux caisses et forcent le manageur à les conduire dans les bureaux. Deux autres surveillent les otages.

– Il est où le coffre ?

– Non, y a pas de coffre.

– Sale bâtard, il est où le coffre !

– J'vous dis qu'y a pas de coffre. On garde pas d'argent ici.

– Il est où le gen-ar, il est où le gen-ar ! Sale bâtard ! Crache l'oseille !

– Y a rien… Y a rien !

L'un des deux cagoulés frappe l'employé à la tête et tire une fois en l'air.

– Il est où le gen-ar, tu veux je t'en mets une dans la tête !

Stéphane et Michael ont rejoint leurs collègues de la BAC déjà en poste.

– Ils sont combien ?

– Quatre. Mais ce sont des gamins.

– Ils ont aucune méthode, la voiture est mal garée.

– Putain, y a qui dans le McDo ?

– Les clients sont dans les toilettes, on attend qu'ils sortent et on va les cueillir ces petits cons.

La première équipe bloque l'accès à leur voiture, et la seconde les attend à l'angle de la rue. Des renforts arrivent. Les voleurs sortent, repèrent les flics et se lancent dans un sprint vers la zone pavillonnaire avec le butin de Ronald, six cents euros. Stéphane se trouve sur la route de l'un d'eux, il braque son arme, mais l'inspecteur reste bloqué, il ne réussit pas à tirer. La voix de Saïd Bensama résonne dans sa tête. Michael hurle.

– Stéphane, attention !

L'un des mômes tire en se retournant dans sa course. Stéphane est touché, il tombe au sol. Michael se précipite.

– Ça va ?

– Ouais, putain, ça déchire.

Il retire son gilet. La balle s'est logée dans le Kevlar. Les gamins sont morts de peur, leurs jambes ne les portent plus, ils s'essoufflent et se font prendre dans le jardin d'une petite maison. Saisie de l'enquête, la PJ du 93 les a placés en garde à vue à Bobigny.

Lundi 18 février 2008
Maison d'arrêt de Villepinte

Au journal télévisé, la présentatrice parle du pouvoir d'achat des Français. On nous montre des images d'une grande surface en nous baratinant sur la baisse de la consommation. J'en ai fait des coups dans les supermarchés. De vrais viviers de proies. Comme cette fois où on avait repéré un quadragénaire qui faisait ses courses dans un Auchan de l'Essonne. Un gars du quartier et moi l'avions suivi en voiture jusqu'à chez lui. Quand il s'est garé dans le jardin de son immense pavillon, je me suis pointé devant la grille, qui était ouverte. J'ai fait le trisomique et je lui ai sauté dessus en le prenant dans mes bras.

– Papa ! Papa !

– Mais arrêtez ! Mais lâchez-moi !

– Papa ! Papa !

Il essaye de me repousser mais je m'accroche à lui. Je prends son portefeuille dans sa veste, il essaye de le récupérer.

– Mais rends-moi ça, sale fou !

– Papa…

Mon complice intervient et m'attrape par le bras.

– Arrête ! Laisse le monsieur tranquille ! Excusez-le monsieur.

Il lui fait un sourire désolé, l'autre comprend que je suis handicapé mental. La victime fait preuve de compassion et me laisse dans mon délire. Je rouvre le portefeuille, j'ai déjà pris et remplacé sa Black Card, et je jette les billets qu'il contient en l'air.

– Argent pas bon ! Argent pas bon papa !

Le mec, agacé, m'arrache le portefeuille des mains.

– Bon ça suffit maintenant, tu arrêtes tes bêtises !

– Papa ! Papa !

Mon pote me met une grosse gifle, qui claque fort. Je hurle et je pleure.

– Mais non, faut pas, il a rien fait de grave.

– Mais monsieur, à chaque fois il fait des choses comme ça.

Le quadragénaire ramasse les billets et les range dans son portefeuille. Mon complice s'excuse encore et m'entraîne par le bras.

– Ça suffit tu vas rentrer au centre.

– Non papa !

Quelques mètres plus loin, je guéris miraculeusement.

– Mais pourquoi tu m'as mis une baffe comme ça ?

– Attends, tu voulais que ce soit crédible ?

Il m'envoie une nouvelle gifle. On se tape une barre.

Je n'ai pas eu que des réussites dans les cartes. J'ai aussi eu de sales journées. J'avais l'habitude de suivre les gens et de m'introduire chez eux pendant qu'ils rangeaient leurs courses. Souvent, ce genre de clients habitait des maisons. J'escaladais les grilles avec l'agilité d'un chat et trouvais un accès pour subtiliser leur carte bancaire. Une fois, le type qu'on avait suivi faisait des allers-retours entre sa maison et son monospace garé un peu plus loin. J'entre dans sa cuisine et je cherche sa pochette. Impossible de la trouver. Je me tourne, j'aperçois sa sacoche, le mec tombe nez à nez avec moi. Il gueule et trois types descendent les escaliers. Ils sont vénères. Ils me chopent et m'enchaînent à coups de barre en métal. Je me débats, place quelques esquives et réussis à fuir. Ils m'insultent. Mon pote me voit débouler et ouvre la portière.

– Démarre ! Vite !

Dans le rétroviseur, je m'assure que les gars nous suivent plus. On les a laissés sur place, essoufflés. Je suis blessé au crâne, du sang coule sur mon tee-shirt.

À la maison, ma mère qui regarde la télévision s'étonne de me voir rentrer si tôt. Je lui demande de désinfecter la plaie, elle me demande comment je me suis blessé. Je mens, elle me dit de faire attention, elle sait que je mens. Je ne veux pas appeler une ambulance, peut-être par peur de me faire coffrer, mais surtout parce que je ne supporte pas les hôpitaux. Je ne fréquente pas les services publics. Ma mère pile du piment dans un bol. Elle en imprègne du coton et l'applique sur ma blessure. Ça pique, ma mère me dit de rester tranquille. Technique du bled.

Zulu Boy veut m'affronter à PES, on va régler ça. Je prends une équipe anglaise et, une fois encore, il me met une raclée avec son équipe espagnole. Il se permet de descendre du lit à chaque fois qu'il met la balle au fond des filets et exprime sa joie par des exclamations exagérées. PES lui appartient, c'est déjà ça. Après cette défaite, je pars au boulot. Il est hors de question de perdre du temps. Avec les cours, le sport et un job, j'ai la possibilité de réduire ma peine. Je suis le Jean-François Lazartigue des taulards, je coupe les cheveux. Bien sûr, c'est gratuit, alors faut pas trop m'en demander. Tout ce que je propose, c'est un chiffre sur le sabot entre un et trois, ou la boule à zéro. Je bosse avec deux tondeuses qui sont stérilisées tous les soirs aux UV. À chaque fois, les mecs demandent que ce soit mon collègue qui s'occupe d'eux, vu ce que je leur propose et par manque de garantie.

– T'as vu la coupe que tu m'as faite, c'est pas rasé pareil !

– T'as cru que t'allais en boîte ici ou quoi ?

– Cousin, tu coupes les cheveux ou tu niques les coupes ?

– T'es au placard, alors arrête de faire le fou !

– Y a ma meuf qui vient au parloir cet après-midi et toi tu me tues ma coupe !

– Attends, ta meuf ? Tu crois qu'elle regarde ta coupe quand elle vient ? T'as craqué, elle s'en fout de ta coupe. Et puis elle t'aime vraiment ta meuf, parce que t'as v'là la tête, tu ressembles à rien. T'as cru que t'étais Brad Pitt ou quoi ?

– Wesh, tu veux chambrer, t'as vu comment t'es petit bonhomme. Le heb's c'est pas la maternelle. Vas-y, je te demanderai plus rien.

C'est vrai que c'est la première fois que je vois un mec dont la coupe de cheveux est victime d'une tournante, mais il croit trop qu'il est sur Paris ou je sais pas où.

Certains me font rire, ils me demandent des trucs fashion. Je leur brise leurs rêves avec ma tondeuse. Ils me font golri, au placard ils veulent se la jouer. Depuis mon incarcération, j'évite les mythos, et, ici, ils sont aussi nombreux que les cafards. En promenade, t'entends des bribes de conversation où des gars racontent qu'ils sont Tony Montana. Je crois qu'ils ont loupé la fin du film. Tout le monde est un cousin de tel ou tel caïd. T'as aussi le bâtiment des anciens, leur vie s'est arrêtée à leur âge d'or. Ils te font mal à la tête. Combien de fois j'ai cramé des gros menteurs. Certains mentent depuis leur naissance.

Je tonds la tête d'un mec.

– Je suis béton pour des grosses affaires de stups, poto.

– Ah ouais…

– Ouais. J'étais sur des grosses affaires, je bossais avec des Espagnols. Ils m'ont pété avec deux kilos, mais j'ai un bon baveux.

– Ah ouais, truc de ouf…

– Sa mère, t'as vu le mec qui m'a balancé, je sais c'est qui, c'est un mec de mon quartier, t'as vu.

– Ah ouais, j'ai vu…

Un maton vient lui faire parapher un document. Il le signe et récupère son exemplaire, qu'il froisse et s'empresse de ranger dans sa poche.

– Fais voir le papier que t'as rangé.

– Quoi ?

– Le papier que t'as mis dans ta poche.

– C'est personnel, poto…

– Fais voir où je te défonce petit bâtard.

– Pourquoi tu fais ça ?

Je pique le papier dans sa poche. Quel fils de pute ! La raison de sa mise en mandat de dépôt : viol sur mineur de moins de quinze ans. Un pointeur !

– Fils de pute, deux kilos ?

– Mais arrête… Arrête.

– Arrête quoi ?

Je lui fous un coup de pression, mais je peux pas le défoncer, il me balancerait aux matons. Je risque le mitard. Avec son air de victime, il baisse la tête. Je me barre à la promenade des travailleurs. Dans la cour, je revois le type qui se fait embrouiller.

– Espèce de bâtard, je sais pourquoi t'es ici !

– Ferme ta gueule !

– Pointeur, t'as pointé six meufs !

– La tête de ma mère, j'en ai pointé que trois.

Il ne réalise même pas ce qu'il a fait. Quel con, c'est vraiment une caricature. D'autres mecs qui n'aiment pas les violeurs le regardent de travers. Il va avoir droit à une mêlée.

Au sport, je côtoie un balaise. Son surnom, Taureau, fait référence à sa corpulence, identique à celle de Mike Tyson. On travaille ensemble dans la salle de musculation. On gonfle nos biscotos en mode surenchère de fonte et de pompes. Pendant les séries d'exercices, on se tape des délires rires et chansons. Taureau est un mec posé. Les autres prisonniers sont fascinés par sa carrure. On est souvent ensemble. Les mois s'écoulent comme des semaines, les semaines défilent comme des jours, et ma sortie approche.

Avec Taureau, on tue le temps. Je lui fais découvrir la chanson française, lui me fait écouter du funk. Il m'a raconté l'histoire de Barry White, qui s'était fait péter pour un vol d'enjoliveur quand il était adolescent. Le chanteur s'est investi à fond dans la musique à sa sortie de prison. Taureau collectionne des trente-trois tours d'artistes prestigieux de la musique noire des années 1980. Il me parle de musiciens passionnés, un peu comme moi avec le fric.

Je passe plusieurs fois en commission pour tenter une sortie prématurée, mais l'administration pénitentiaire décide de me garder enfermé, et le maton me guette.

*De come-back, il en était question avec Gregory Choplin, de retour sur un ring parisien après trois ans de combats internationaux. Devant ses proches et son premier entraîneur à Stains, Omar ********, le champion du monde WPKL des moyens (– 76 kg) a démontré son envergure en battant Cédric ****** sur blessure au 3e round. « Je me devais de livrer une belle prestation devant mon public, savoure-t-il. J'ai acquis de l'expérience et ce soir j'ai fait ce qu'il fallait face à un guerrier. » Sur un coup de genou, il ouvre l'arcade droite de son opposant et oblige le médecin à interrompre les débats. « J'espère faire un championnat du monde dans les six mois. »*

Le Parisien

Samedi 22 mars 2008,16 heures
Paris, XIIe arrondissement

Le jour J est arrivé pour Jeremy et ses entraîneurs qui pénètrent dans l'arène vide du Palais omnisports de Paris Bercy. Il fera son premier championnat du monde en France, devant ses potes et sa famille, devant des milliers de fans, devant Stéphane, son plus grand admirateur.

L'enfant terrible de Saint-Denis va affronter la star internationale de la boxe thaïlandaise : Moon Joon. Jeremy a énormément travaillé pour être au poids et pour être prêt. Il ne laissera pas passer sa chance. Dans la salle vide tapissée d'affiches de Jeremy et de Moon Joon, quatre écrans géants sont suspendus au plafond. Léon est impressionné.

– On y est Jeremy ! On y est. C'est ton jour.

Jeremy contemple le ring, le regard rempli de flammes et de hargne. L'organisateur de la réunion s'avance vers eux.

– Bonjour, je suis vraiment content de vous voir, et d'avoir pu compter sur vous. Suivez-moi, je vais vous montrer vos vestiaires. Alors Jeremy, ça va, tu te sens prêt ?

– Oui, je suis prêt.

– Je te souhaite de nous faire un beau combat.

– Merci de m'avoir mis à l'affiche.

– Attends, tu n'as jamais boxé en France, il fallait bien le faire. En tout cas, je suis vraiment ravi d'être le premier à t'accueillir.

Les cinq hommes traversent la gigantesque salle, s'enfoncent dans un couloir sombre et s'arrêtent devant une porte.

– Vos vestiaires sont ici, je vous donne vos bracelets, ils vous permettront de circuler librement sur le site.

– Jeremy, repose-toi, on va faire un tour dans la salle.

– D'accord.

Il s'allonge sur le banc en bois et ferme les yeux. Son esprit s'évade malgré la pression qui entoure son premier combat en France. Le nak muay n'a jamais eu l'opportunité de boxer devant son public. Il va combattre en direct à la télévision devant des millions de téléspectateurs, pour sa banlieue et pour ses proches. Toutes les cités de Saint-Denis auront les yeux rivés sur lui, il porte aussi ce poids. Il s'assoupit. La porte s'ouvre. Un vieil homme noir à barbe blanche s'avance à l'aide d'une canne en bois.

– Papa ?

– Oui, mon fils.

– Mais qu'est-ce que tu fais là ? Je croyais que…

– Non, je suis là. J'ai toujours été là, et j'espère que tu vas nous faire un beau combat.

– Oui, papa.

Jeremy serre fort son père dans ses bras, il ne l'a pas vu depuis des années. Les larmes de joie et de peine parcourent ses joues. Il se blottit contre l'épaule du vieil homme.

Jeremy sursaute et ouvre les yeux. Son père est décédé depuis quatre ans. Le cancer qui l'a emporté l'a empêché de voir son fils gagner son premier titre. Son paternel ne l'aura pas vu avec l'œil du tigre. Jeremy veut garder sa ceinture, honorer son père et la banlieue nord.

Les entraîneurs sont de retour. Léon demande à son poulain de se préparer. Il ouvre son sac et sort les produits pour chauffer les muscles de son boxeur, qui a enfilé sa coquille et son short.

– Je vais commencer à te masser.

Les mains de Léon s'activent sur les cuisses de Jeremy, ses bras et son dos. L'odeur de menthe de la pommade se répand dans le vestiaire.

– Alors comment tu te sens ?

– Je me sens bien. Léon, il m'est arrivé un truc bizarre.

– Quoi ?

– J'ai rêvé de mon père.

– Ah… J'ai aussi eu ce genre de rêve. C'est parce qu'on pense aux êtres chers dans les grands moments. Ce soir, c'est un tournant pour toi. Si tu gagnes, tu vas devenir une star internationale et tu seras surtout reconnu dans ton pays : la France.

– C'est clair. La France.

– Mais tu dois surtout faire abstraction de cette pression. Tu dois prendre du plaisir. Le titre est à toi. On parle de ton objectif, mais avant ça, il faut que tu sois plus fort que lui. Plus rusé, plus malin, plus fort dans ta tête.

– Oui.

– T'es le plus fort !

– Ouais !

– T'es le plus fort ! Pense à ton père ! À tous ceux qui t'aiment, ils seront avec toi sur le ring !

Léon a les yeux humides. Il le considère comme son fils. Son cœur est rempli de générosité et d'amour malgré les coups durs qu'il a vécus.

Neuf mille personnes ont pris place dans l'arène de Bercy. Le festival de combats a déjà commencé. Dans les vestiaires d'à côté, le challenger se prépare. Moon Joon vient d'un camp d'entraînement réputé dans le monde entier. Il a été recueilli à l'âge de six ans à Koh

Samui, une île près de Bangkok. Il a deux cents combats à son actif et a remporté presque tous ses matchs avant la limite, avec des techniques spectaculaires. Le dernier prétendant a été évacué sur une civière dès le premier round, après un coup de genou sauté. Les deux boxeurs se sont échauffés, ils écoutent les dernières consignes de leurs entraîneurs.

Canal Plus diffuse le combat et l'a annoncé par d'énormes affiches dans le métro et sur le périphérique. Depuis que les banlieues ont explosé en 2005, le gouvernement essaye de canaliser ces millions de jeunes en les occupant dans des salles de boxe. L'organisateur veut une nouvelle figure pour représenter la réussite des banlieues, le ministère des Sports et de la Jeunesse l'a appuyé. Les commentateurs de l'événement sont enthousiastes à l'approche du combat. La salle est prête à exploser. Le public vient de voir un très bel affrontement entre deux poids légers. Le speaker lit la décision des juges et lève la main du vainqueur, un homme noir, short bleu. Un des régisseurs de la réunion tape à la porte.

– C'est à vous !

Les caméras se collent à Jeremy et à Moon Joon dans les couloirs. Le speaker en smoking prend le micro.

– Il nous vient tout droit de Thaïlande. Son palmarès est de deux cents combats, cent quatre-vingt-douze victoires, dont cent cinquante avant la limite ! Il a vingt et un an, mesure un mètre soixante-seize pour soixante-quinze kilos. Je vous demande de recevoir comme il se doit le champion d'Asie et la star internationale : A-NU-WAT MOON-JOON !!!!

Les neuf mille spectateurs de Bercy se lèvent et applaudissent l'entrée du Thaïlandais. Son visage est détendu, son crâne coiffé du mongkon et son corps couvert d'un peignoir rouge à son nom. Il sautille, danse vers le ring et salue en souriant les gens qui l'interpellent.

MOON-JOON ! MOON-JOON !

Ses entraîneurs, déjà sur le ring, écartent les cordes. Le boxeur monte les marches et se place au centre. Il fait des signes au public, qui continue de l'applaudir.

Jeremy attend dans le couloir. La main de Léon est posée sur sa nuque. Le speaker reprend son souffle.

– Son adversaire nous vient de Saint-Denis. Son palmarès est de cinquante et un combats, quarante-huit victoires. Il est très connu à l'étranger. Il a vingt-six ans, mesure un mètre quatre-vingts pour soixante-quinze kilos. Je vous demande de recevoir le champion actuel des poids moyens : JE-RE-MY… JA-PIN !

Jeremy s'avance. Les battements de son cœur se calent sur celui des applaudissements. Le public est déchaîné. Léon marche calmement. Son poulain et lui ne font qu'un.

Jeremy monte sur le ring, salue son public et se place dans le coin rouge. Stéphane est à quelques mètres, il a les yeux qui brillent. Léon, nez à nez avec Jeremy, pose ses mains sur son visage et le regarde dans les yeux.

– On a travaillé, c'est maintenant. C'est maintenant !

Les deux adversaires sont retranchés dans leur coin. Une fille en string se pointe au centre du ring, elle affiche ses formes, son sourire et le drapeau thaïlandais. Le public siffle. L'hymne *Phleng Chat Thaï* retentit pendant une minute dans tout Bercy. Un homme de l'organisation reprend le drapeau thaïlandais et lui donne le drapeau français, qu'elle tend. Les enceintes diffusent maintenant *La Marseillaise*. Le public se lève, Jeremy scrute le coin adverse. Il frotte ses gants, secoue sa tête. La musique s'arrête. Les caméras et le staff quittent l'aire de combat.

– Moon Joon va effectuer le ram muay ! annonce le speaker.

Une musique traditionnelle thaïlandaise résonne dans l'immense salle. Le nak muay se met à genoux et ouvre les bras, puis il se lève et traverse lentement le ring jusqu'à son adversaire en dansant avec des mouvements lents et circulaires. Le rythme de la musique accélère. Moon Joon s'arrête à deux mètres de Jeremy et envoie, toujours au ralenti, plusieurs séries de coups de poing et de genou dans le vide. Il s'immobilise, écarquille les yeux et désigne Jeremy avec son gant en lui montrant le sol qu'il piétine à plusieurs reprises. Jeremy serre les dents devant le cinéma du Thaïlandais qui rejoint impassiblement son staff en dépliant les bras comme un oiseau qui prend son envol. Son entraîneur lui ôte le mongkon et lui souffle des prières sur la tête.

L'arbitre, chemise blanche et pantalon noir, vérifie les gants et les dessous de pied des combattants. Les deux hommes s'avancent jusqu'au centre. L'électricité est palpable entre les deux boxeurs. Moon Joon sonde les prunelles du champion. Jeremy soutient son regard. L'arbitre donne les consignes.

– On ne frappe pas derrière la nuque. Coups de coude autorisés. Que le meilleur gagne !

Jeremy regagne son coin. Léon lui pose le protège-dents. L'arbitre appelle les deux combattants. La cloche sonne. Les cymbales, tambours et flûtes javanaises rythment le combat. Jeremy monte sa garde. Il se déplace tranquillement entre les cordes. Le Thaïlandais hoche la tête et le suit. Il balance sa jambe mais ne touche pas sa cible. Jeremy s'arrête et sourit, puis reprend lentement. Les deux boxeurs s'observent, œil pour œil, gant pour gant. Jeremy envoie soudain le poing gauche, puis une droite. Moon Joon esquive et remise avec un coup de tibia dans la cuisse droite. Puis il saute à presque un mètre du sol et son genou passe à quelques centimètres du visage de Jeremy. Le Français se décale et évite la superbe attaque. Le Thaïlandais atterrit et le provoque par un sourire. Le public applaudit. Les deux compétiteurs se caressent avec les poings et les tibias pendant le premier round. Fin de la première reprise. Jeremy a eu chaud, Moon Joon fait le beau.

Léon masse son boxeur assis sur un tabouret.

– Respire ! Respire !

Le Français a le souffle coupé.

– C'est bien, Jeremy. C'est bien mais ne le laisse pas t'impressionner.

Jeremy souffle. Il expire fort.

– Tiens, donne-lui de l'eau.

Un soigneur ouvre la bouteille et lui verse de l'eau dans la bouche.

– Il est pas plus fort que toi, tu l'as maîtrisé ! Maintenant faut le toucher. Faut lui montrer qu'on n'est pas venus pour danser.

Jeremy est attentif aux conseils de Léon. Son attention ne quitte pas le coin adverse, son rythme cardiaque se stabilise.

– Soigneurs, dehors !

Le boxeur de Saint-Denis se relève et rejoint le centre du ring. Le Thaïlandais arbore toujours un grand sourire. Les dix mille spectateurs enflamment le Palais omnisports.

Assis dans le coin VIP, Stéphane a le regard acéré et la poitrine compressée.

– Vas-y Jeremy ! Vas-y !

Deuxième round. Les poings de Moon Joon percutent le visage de son adversaire. Jeremy est en perte de vitesse, en perte de finesse. Son challenger envoie ses jambes, une, deux, trois, quatre, cinq fois. Ses côtes explosent, son adversaire marque des points. Le champion d'Asie réalise des coups aériens et de belles esquives. Le public est conquis. Le Français se crispe de plus en plus et ne réussit pas à lâcher sa boxe. Le fauve est en cage, sa rage est prise en otage par la pression. Il encaisse les puissantes attaques et ne trouve pas de solution.

Léon hurle :

– Jeremy, lâche tes coups ! Jeremy, du goût !

Quatre rounds s'écoulent : la victoire s'éloigne à la vitesse des assauts du Thaï. Les spectateurs sont en admiration devant les parades du Thaïlandais qui a déjà la ceinture autour des hanches. Dans deux minutes exactement, il sera champion et Jeremy se morfondra seul sous la douche.

Le Français est dépassé par la précision de son adversaire. La voix de Léon résonne dans sa tête, les encouragements de ses amis de Saint-Denis et les mots de son père pénètrent son esprit : « J'ai toujours été là, et j'espère que tu vas nous faire un beau combat. » Les larmes lui montent aux yeux.

Le Thaïlandais lui décroche un énième low-kick dans le mollet, il chute. Jeremy se relève immédiatement et remonte sa garde. Dans sa tête, tout se ralentit : les mouvements de son adversaire, la vitesse de ses coups. Du plus profond de son ventre, monte une puissante droite qui s'écrase sur la tronche de Moon Joon.

Léon sursaute.

– Oui, c'est ça Jeremy ! Le goût, tu l'as ! Jeremy, vas-y !

S'ensuit une terrible série de coups de poing : gauche, droite, gauche, droite, qui se conclut par un large uppercut qui accroche le menton de Moon Joon, dont le crâne part en arrière. Son nez, brisé, pisse le sang. Il a cessé de sourire, son regard est absent. Le jury et les commentateurs sont choqués par ce retournement de situation. Le public est debout.

JEREMY ! JEREMY ! JEREMY !

Moon Joon titube, impuissant, s'accroche pour ne pas tomber. Il ne peut pas faire face au réveil du Français, qui le tient à la nuque et enchaîne de violents coups de genou. Incapable de s'échapper, le Thaïlandais subit. Jeremy le lâche et le repousse à un mètre avec un front-kick dans l'abdomen. Le champion s'acharne, une droite s'abat de nouveau sur le visage de son adversaire, qui s'écroule avec fracas sur le tapis. L'arbitre compte.

– Un, deux, trois, quatre…

Moon Joon, le visage maculé de sang, s'accroche aux cordes. Il se relève avec difficulté et lève les gants. L'arbitre fait signe de reprendre le match.

Jeremy décolle du sol, et jette son genou. La pointe de l'articulation se plante dans la poitrine de la star thaïlandaise, qui bascule en arrière. Moon Joon reste à terre, le souffle coupé. Son coin a jeté l'éponge. Jeremy réalise qu'il ne se relèvera plus. Léon passe entre les cordes et se jette sur lui en criant de joie.

– C'est fini, t'as gagné !

Jeremy s'agenouille. Un cri lui vient des tripes.

– Papa, c'est pour toi ! Papaaaaaaa !

Léon fond en larmes, le père de Jeremy était son meilleur ami.

– On y est arrivés ! Je suis fier de toi !

Le champion et son entraîneur se prennent dans les bras. Dans le coin VIP, Stéphane ovationne le vainqueur, il a les larmes aux yeux et ressent l'émotion du champion.

– Bravo Jeremy ! Bravo !

25 avril 2008, 14 h 04
Tribunal de Nanterre

Mon procès démarre par l'estimation du préjudice matériel. Le procureur, qui se base sur l'enquête, les pièces à conviction et les éléments de mon dossier, l'évalue à soixante mille euros. Dans la salle d'audience, parmi les gens présents, je reconnais plusieurs de mes victimes. J'ai tellement fait de coups que je ne me souviens pas de toutes les têtes. Certaines me dévisagent, d'autres m'ignorent. Je les téma en scred. Les victimes qui m'ont identifié lors de l'enquête se succèdent pour raconter le vol. Le procureur, le juge et les avocats écoutent leurs récits. La greffière transcrit l'intégralité des propos. Après un sexagénaire et une jeune femme, c'est un type très distingué qui s'avance à la barre. Il est bourré de tocs et hoche la tête comme sur un beat.

– Hum… Très, très fort ! Très fort ! Il ricane.

Il passe sa main sur son épaule pour retirer ses pellicules plusieurs fois.

– Hum très très fort ! J'étais sur le parking du Carrefour d'Auteuil. Je rangeais mes courses. Ce jeune homme a brusquement ouvert ma voiture pour caresser mon chien, Fido, un labrador. J'ai cru qu'il voulait le prendre. Je l'ai donc repoussé en lui disant de partir. Il s'est accroché à la portière de ma Megane. Je ne comprenais pas pourquoi ce jeune homme caressait mon chien. Il lui a ensuite touché les parties ! J'ai cru que c'était un pervers. Fido était terrorisé. Je l'ai bousculé et il a continué à tripoter les testicules de mon chien. Je n'ai même pas senti qu'au moment où je le repoussais, il avait pris mon portefeuille, retiré ma carte, et glissé une autre à la place. D'un coup, il est parti. J'ai consolé Fido, parce que mon pauvre chien était bouleversé ! Vous imaginez un type qui vous palpe les testicules comme ça ? J'ai eu peur et je n'ai pas compris. C'était aberrant. Le lendemain, j'ai voulu acheter une pâtisserie pour Fido chez un traiteur. Parce que Fido, j'aime lui faire plaisir. J'ai saisi mon code à la caisse. Ce n'était pas le bon. J'ai essayé trois fois. Et le lundi, en me rendant à la banque, mon conseiller a constaté que ce n'était pas ma carte. J'ai réfléchi et je me suis souvenu que la dernière fois que je l'avais utilisée, c'était chez Carrefour. J'ai tout de suite compris pourquoi ce jeune homme touchait les testicules de mon chien. Hum très fort, très fort… C'était une diversion. Quand j'ai vu les sommes retirées, je me suis dit que je comprenais le comportement de ce jeune homme.

Une autre victime vient témoigner. Elle a la cinquantaine. Le procureur me présente comme l'auteur du vol de sa carte. Le préjudice est de huit mille euros. La femme s'emporte.

– Je l'ai dit aux policiers ! Il ne m'a pas volé ma carte ! Il a essayé de me voler mon sac pour prendre mon téléphone. Il l'a fait tomber et s'est sauvé.

– Madame, il vous a volé votre carte et pas votre sac. C'était une ruse. Les caméras du centre commercial et les…

– Monsieur, puisque je vous dis que ce n'est pas lui le voleur ! Je suis la victime ! Je sais encore ce qui s'est passé ! Celui qui a volé ma carte, ce n'est pas lui ! C'est un autre. Ce type est un voleur de téléphone.

Elle ne veut rien entendre. Je me souviens, j'avais fait diversion en arrachant son téléphone, en même temps que je prenais son sac et subtilisais sa carte. Pour brouiller les pistes, j'avais fait le voleur maladroit qui, quelques mètres plus loin, panique et laisse tout tomber. Elle n'a toujours pas compris. Le juge laisse la dame raconter le vol. Mon avocat et moi nous amusons de sa perspicacité. L'audience est levée et la décision en délibéré me condamne à une peine de dix-huit mois de prison ferme. Il ne me reste que deux mois à faire. Je suis démis de mes droits civiques et mis à l'épreuve. Le fourgon cellulaire me reconduit à la case prison, mais je suis rassuré car je vais bientôt retourner à la case maison.

Après ces témoignages, je repense à tous les risques que j'ai pris et à toutes les fois où je m'en suis sorti de peu. Un jour, ça m'a même permis de rencontrer une meuf qui m'a mis la fièvre. Je venais de griller un feu à Paris, du côté du canal de l'Ourcq. Deux motards ont surgi, des flics en civil sur des Fazer.

Je mets les gaz et remonte l'avenue de Flandre à contresens. Ils me prennent en chasse mais roulent dans le sens de la circulation. Je zigzague sur cinq cents mètres entre les voitures qui arrivent et klaxonnent en face de moi. Je suis déjà recherché et s'ils me rattrapent, je suis foutu ! J'atteins le bout de l'avenue et je tourne brusquement sur ma gauche, quai de Seine. J'ai mis dans le vent les deux motards, mais deux autres me surprennent à rouler en sens interdit. Demi-tour, je me retrouve dans une impasse, balance mon deux-roues et cours vers un petit pont sur le canal de l'Ourcq. Les flics derrière moi pilent devant des escaliers. Je saute les dernières marches et j'entends ma cheville craquer. Elle gonfle aussitôt. Je serre les dents et me fraie un chemin en bousculant les passants. Je termine ma course en suivant une voiture qui entre dans le parking d'une société. Je cherche un accès au niveau zéro, et je finis par me retrouver au rez-de-chaussée, dans un grand hall. Je vais à l'accueil. Les sirènes de police tournent dans le quartier, je ne sais pas si c'est pour moi. Je sais une chose, je dois me barrer d'ici le plus vite possible.

– Bonjour, madame.

– Bonjour, monsieur.

– Je travaille dans le bâtiment, pourriez-vous m'appelez un taxi ?

– Oui, monsieur, un instant.

Je patiente dans le canapé en surveillant la rue. Dans le taxi, le chauffeur passe du rap, car il voit que je suis aussi jeune que lui. Un morceau de Mac Tyer, un rappeur d'Aubervilliers. Sa voix balance des textes violents comme une partie de mon adolescence : *Sort porte de la Villette mais la centrale est fait belek au vol à la portière / La vengeance est un plat qui se mange givré / Re-noi j'suis déterminé comme ce p'tit d'Aubers au crochet.* Sur ce son je revois des scènes de ma jeunesse. Mes potes et moi en train d'arracher des téléphones. Je souris pendant tout le morceau. Le taxi me dépose à Stains dans une clinique. Je déteste les hôpitaux, mais ma cheville a triplé de volume. Aux urgences, le médecin me prescrit un anti-inflammatoire et me donne de quoi calmer la douleur. Sur le parking, je vois une bête de meuf se garer. Une Rebeue, grande, mince, au teint et aux yeux clairs, la trentaine. Je passe à côté de sa voiture et je la téma. Je crois qu'elle fait pareil.

– Vous êtes charmante.

– Merci.

– Qu'est-ce qu'une personne aussi charmante que vous fait ici ?

– Je travaille ici, et qu'est-ce qu'un jeune homme aussi charmant que vous fait ici ?

– Je me suis blessé.

– Ce n'est pas trop grave, j'espère.

– Non. Vous avez un numéro de téléphone ?

– Oui, mais je ne vous le donnerai pas.

– Et si je vous donne le mien ?

– Je vous appellerai peut-être.

– Si je vous donne mon numéro, vous ne me rappellerez pas, mais moi je n'oublierai pas.

Le lendemain, elle me passe un coup de fil. On se donne rendez-vous le soir même. Cette meuf menait une double vie, ça se voyait, parce qu'elle ne posait aucune question et que ça l'arrangeait qu'on se voie le soir. Ses petites cachotteries me convenaient, j'étais preneur. Je la récupère à sa voiture du côté de porte de Saint-Ouen. Je l'emmène au Concorde-Lafayette boire un verre. On se pose à une table et je capte que c'est le genre de meuf attirée par les mauvais garçons. Avec son regard intéressé, elle fait une estimation rapide de mon poids. Trois mille euros de textile, une montre bling-bling à dix mille. Elle semble fascinée.

– Qu'est-ce qu'une belle fille comme toi fait toute seule ?

– Qu'est-ce qu'un beau garçon comme toi fait tout seul ?

Elle a du répondant, j'aime bien.

– Tu veux boire quoi ?

– Comme toi.

– J'ai envie de prendre un verre mais j'ai peur de dire des choses bizarres, car je ne tiens pas l'alcool. Je risque de parler de sexe et d'être vulgaire.

– Ben vas-y, ça ne me dérange pas !

– Ah bon…

Je commande de l'alcool. Je fais semblant d'être défoncé au bout d'un verre et demi.

– On fait quoi, je me sens pas bien.

– Ce que tu veux…

– À l'hôtel alors ?

– Si tu veux.

Sa réponse m'étonne. Je sors une grosse liasse de thunes. Elle ne reste pas indifférente à la vue des billets. Je règle nos consommations et nous filons porte de Montreuil à l'hôtel. On a fait une heure de kung-fu et on s'est séparés.

Le flic ouvre la porte du fourgon, nous sommes arrivés.

Dans le cadre du vote de la loi Perben sur la criminalité organisée, l'Assemblée nationale a adopté, jeudi 22 mai, un amendement du député UMP Thierry Mariani qui autorise la rémunération des informateurs de la police et de la gendarmerie. Leur paiement était jusqu'ici toléré, mais opaque.

On les surnomme « cousins », « tontons » ou « indics ». Sans eux, les services de renseignement seraient inopérants, la lutte contre le grand banditisme inefficace et les saisies de stupéfiants dérisoires. Pourtant, les informateurs n'ont aucune existence légale ; ce vide juridique oblige les fonctionnaires de police à violer des règles déontologiques, à contourner le code de procédure et à se mettre en danger.

Pour remédier à cette situation, un premier pas important a été franchi jeudi 22 mai à l'Assemblée nationale, au cours de l'examen en première lecture du projet de loi Perben sur la grande criminalité. Les députés ont adopté un amendement de Thierry Mariani (UMP, Vaucluse), proposant de légaliser et d'encadrer les rémunérations des indicateurs. À l'avenir, 30 % du produit des amendes et des confiscations résultant d'enquêtes de police ou de gendarmerie pourront être affectés au paiement des « tontons ».

Le Monde

Vendredi 2 mai 2008, 21 h 58
Livry-Gargan

De fines gouttes de pluie s'abattent sur le pare-brise. Stéphane tire sur sa cigarette. Un nuage de fumée flotte à l'intérieur de la caisse. Sur le trottoir de droite, trois flics contrôlent une belle jeune femme avec un pit-bull. Intrigué, il baisse sa vitre.

– Je vous dis que j'ai les papiers. Laissez-moi aller les chercher.

– Mademoiselle, ce chien de catégorie quatre n'a pas de muselière. Nous allons devoir vous verbaliser.

Un mètre soixante-huit, les cheveux châtain clair et ondulés, taille moyenne, formes généreuses et fermes. L'inspecteur expédie sa clope par la fenêtre.

– Putain, c'est une bombe…

Il allume ses feux de détresse et se dirige vers ses collègues, qui l'examinent de haut en bas.

– Bonsoir.

– Bonsoir monsieur, que voulez-vous ?

– Qu'est-ce qui se passe ?

– Écoutez monsieur, circulez. Il n'y a rien à voir !

D'un signe de tête, Stéphane fait comprendre à l'agent qu'il veut lui parler en aparté. Il lui présente sa plaque et chuchote :

– Je suis de la maison. Je suis sur une enquête, je file cette fille, si vous restez là et que vous la contrôlez, vous allez tout faire capoter. Alors je vous demanderai de partir discrètement, s'il vous plaît.

– Très bien.

Le policier s'exécute.

– Écoutez mademoiselle, on ne va pas vous verbaliser, ne vous inquiétez pas, pour cette fois-ci c'est bon.

Le canon se tourne vers l'inspecteur qui s'approche d'elle, plein d'assurance. Elle sort son paquet de clopes et en allume une.

– Bonsoir.

– Bonsoir.

– C'est pas bon pour la santé de fumer, et puis une aussi belle fille que vous…

– C'est ma santé. Qu'est-ce que vous avez fait ?

– Rien. Il est beau ce chien, il a quel âge ?

– Quatre ans. Mais pourquoi ils sont partis ?

– Je leur ai dit que j'étais de la police.

– Vous êtes policier ? Je vous le dis, je n'aime pas les flics. Ils me font chier en pleine nuit parce que mon chien n'est pas attaché, c'est dingue de faire ce métier.

– Non, évidemment, je ne suis pas de la police. J'ai menti, j'ai raconté ça pour qu'ils ne vous collent pas de PV.

– Vous leur avez montré une carte, c'était une fausse ?

– Oui.

– D'accord, ben… heu… merci.

Sa beauté casse des bouches, et Stéphane est tombé KO. Elle tire une longue taffe.

– Vous avez un téléphone ?

– Non.

Le chien grogne. Stéphane recule.

– Vous avez un prénom, je suppose ?

– Non… Si… Mais je ne donne pas mon prénom comme ça.

– Je crois que je vais procéder à un contrôle d'identité. Je ne suis pas de la police mais je veux bien devenir gardien de votre cœur.

– J'ai déjà un gardien, il est à mes pieds.

– Vu de cette manière, c'est vrai que vous êtes en sécurité.

– Vous êtes marié ?

– Non, pourquoi cette question ?

– Je sais pas, vous avez une tête à être marié.

– Et vous ?

– Oui, enfin non… Mais si.

Une voiture klaxonne.

– Je dois y aller.

– Et votre numéro ?

– Je ne donne pas mon numéro.

– Comment on fait alors ?

– Je peux prendre le vôtre, mais je ne pense pas que je vous rappellerai, ce n'est pas très correct.

– Juste un texto alors ?

– On verra.

La voiture klaxonne de nouveau. La belle enregistre le numéro et s'éloigne avec son molosse, qu'elle fait monter dans le coffre. Toute trempée, elle disparaît dans un nuage de fumée. À l'intérieur, trois jeunes femmes fument un bédo et remuent sur le beat de la sono.

– Putain comment t'es trempée, tu vas saloper ma voiture, assieds-toi sur la couverture. C'est qui ce mec ?

– Je sais pas, les flics me faisaient chier pour le chien et il les a fait partir, il est gentil.

– C'est un keuf ?

– J'sais pas, en tout cas, je le trouve attirant. Il a quelque chose.

– T'es vraiment folle Hanane !

– On y va les filles. T'as ramené de quoi boire ?

Stéphane la regarde partir. Il retourne lentement à sa voiture. Quelques minutes plus tard, il reçoit un texto.

COUCOU, COMMENT ÇA VA ? PAS TROP TREMPÉ ?

Il a retrouvé le sourire.

***

Depuis quelques jours maintenant, Stéphane vit son premier coup de foudre. Il apprend à connaître Hanane, une artiste au physique de sex-symbol, marquée par une vie familiale chaotique. Elle a fait tomber le flic au cœur bétonné. Stéphane flirte avec le bonheur. Ses jours de repos, c'est sortie au resto et mots d'amour. Au poste de police, l'inspecteur de la PJ ne gifle plus ses indics.

La tour Eiffel vient de s'illuminer. Dans la voiture, les deux amoureux admirent le monument et son phare qui tourne sur le quartier du Trocadéro. Hanane porte un top qui laisse entrevoir la courbe de ses seins, une jupe qui remonte haut sur ses cuisses et un parfum épicé. Ils s'embrassent et elle commence à lui caresser les cheveux, la nuque, le cou, le torse et l'entrejambe où son désir est palpable…

La Dame de Fer s'est assoupie. Dans les bras l'un de l'autre, ils se laissent porter par *Nobody* de Keith Sweat et Athena Cage. La jeune femme semble ailleurs, Stéphane casse l'ambiance love.

– À quoi tu penses ?

– À l'avenir…

– L'avenir ?

– Oui. Tu sais… je quitte la France.

– Quoi ? Tu plaisantes ?

– Nan, je suis sérieuse.

– Mais tu vas où ? Et pourquoi ?

– Je vais aux États-Unis, à Miami. C'est un rêve que j'ai depuis quelques années.

– C'est dingue…

– De partir ?

– Non, que je te rencontre, et que tu partes. Tu pars définitivement ?

– Oui, maintenant j'ai envie de tourner la page sur cette vie, et on me propose la gestion d'un restaurant là-bas. Mon employeur me considère comme sa fille, j'en profite et j'emmène ma sœur.

– Tu es née ici, pourquoi tu veux tout quitter ?

La jeune femme ne contient pas ses larmes. Ses lèvres se soulèvent et tremblent.

– J'ai vécu avec mon père, et ma mère a beaucoup souffert. Il… Il était violent. J'ai été placée en famille d'accueil, j'ai fugué. Puis j'ai vécu avec ma sœur, que j'ai dû aider. Aujourd'hui…

– Tu n'es pas obligée d'en parler.

Les larmes roulent sur sa joue.

– Si, je peux. Puis, je ne sais pas, tu dégages quelque chose. J'ai confiance en toi. J'ai ce sentiment que tu es comme moi. Je ne peux pas t'expliquer, je crois que le cœur perçoit des choses que nos yeux ne voient pas.

– Comment ça ?

– Je pense que tu es dur, mais dans le fond ce n'est qu'une carapace. Je ne sais pas, je ressens tout.

Elle frissonne. Stéphane est balayé par ses mots. Tout est clair, cette rencontre, c'est celle de sa vie.

– Tu as quelqu'un dans ta vie ?

– Non, sinon je ne serais pas avec toi ici. J'ai des principes.

– Et moi alors ? Comment tu peux me dire tout ça et m'annoncer que tu pars ? Je ne comprends pas. Je ne sais pas ce qui se passe.

– Je sais…

– Tu sais quoi ?

– Que tu vas venir avec nous. Tu vas prendre tes affaires et on va vivre là-bas.

– T'es sérieuse ? Tu veux que je vienne ? Mais tu me connais à peine.

– Oui, je sais.

– M'installer aux États-Unis, pourquoi pas. C'est pas quelque chose qui se décide comme ça.

– Qu'est-ce que t'as ici ? Qu'est-ce qui te retient ?

– Rien, c'est vrai.

Elle se blottit contre lui.

– On part avec ta sœur. Hanane, je t'aime.

– Je sais.

– Tu peux arrêter de dire que tu sais. Tu penses partir quand ?

– D'ici deux mois, il faut que je m'occupe de la paperasse. Et aussi de Freez.

– Je connais du monde aux douanes, je peux arranger ça.

Avant de partir, Stéphane doit régler ses trafics au commissariat, ses magouilles avec ses indics et mettre les choses au clair avec Elvira. Il regarde le futur avec une belle créature. Le rêve américain. Mais il doit encore s'occuper d'une affaire, trouver les thunes du Marseillais.

– Ouais, Stéphane ? Il est quelle heure ?

– Michael, faut qu'on accélère pour le Marseillais…

– Tu m'appelles pour me dire ça ? Je t'ai dit je te suis.

– Écoute, faut qu'on se dépêche, on en parle demain.

– Stéphane, je te suis…

– Ok, bonne nuit.

Michael raccroche.

– Mais il est ouf ! Trois heures du mat…

Samedi 10 mai 2008, 15 h 37
Maison d'arrêt de Villepinte

Je fais des tours de manège avec des mecs de mon âge, Lionel et Rodrigue, deux gars du 93 condamnés à trois ans de prison. Ils ont déboulé cagoulés et armés d'un flingue en plastique dans une maison pour voler une Porsche Cayenne. Ils ont séquestré le couple pour avoir les clés de la voiture et le code de leur carte bleue. Quand ils se sont installés au volant du bolide, avant même d'avoir mis le contact, les flics les ont cueillis. Un voisin les avait vus entrer dans la maison. La juge ne leur a pas fait de cadeau, ils étaient déjà grillés pour des vols avec violence et des agressions.

On parle du reportage d'hier soir sur la banlieue. Des bouffons capuchés se faisaient passer pour des chauds devant les caméras de TF1. Ils racontaient que d'la merde.

– Les journalistes devraient venir ici, y a pas de capuche, que des crapules, balance Zulu Boy. Téma, les mecs là-bas, ils embrouillent le Muet !

– Putain, c'est encore les mecs de Montreuil, vite !

Trois gars mêlent notre voisin de cellule, un type qu'on aime bien. Le mec du milieu lui répète les mêmes questions.

– T'as pas du shit, t'es sûr ? T'as quoi dans ta cellule ? Tu vas nous ramener des trucs, d'accord ?

On arrive en courant.

– Wesh, les gars !

– Oh le Marseillais, bien ou bien ?

– Y a rien de bien, arrêtez de le hagar, on le connaît !

– Nan, poto, il doit des trucs, t'as vu.

– Quels trucs ? Vas-y, bougez de là !

– Tranquille, on le taquine, y a rien !

– Vas-y, laissez-le, c'est bon, le gars il parle même pas !

– On savait pas que c'était un gars de chez vous. Y a pas de soucis, les refrés.

Ils s'éloignent sans broncher. Le long mec me remercie avec un sourire et un hochement de tête. Rodrigue le téma.

– C'est golri ça, le Muet. C'est quoi ce blaze ? Wesh c'est un personnage de *Prison Break* ou quoi ?

Le Muet faisait des navettes pour des grossistes et grattait sa conso. Il s'est fait péter au péage de Saint-Arnoult avec dix kilos de résine de cannabis. Quand les Stups ont débarqué chez sa daronne pour la perquiz, elle a fait un malaise. Il a eu un choc émotionnel et a perdu connaissance. Quand il a repris ses esprits, il n'avait plus l'usage de la parole. Enfin, c'est ce qu'ont dit les médecins de la PJ. Depuis sa garde à vue, il n'a pas ouvert la bouche. Même à son jugement. La juge, cette grosse teupu, a bien vu les constats des médecins, mais elle s'est vénère et lui a dit qu'une mise en mandat de dépôt lui montrerait qu'on n'est pas dans un film et que la loi du silence ne s'appliquait pas avec elle.

– Truc de ouf ! s'exclame Rodrigue. Elle a été sans pitié !

– Ben, ouais. Même quand ses parents viennent le voir au parloir, il ne dit rien.

– Le Muet va reparler à ton avis ?

– J'sais pas mon frère, je suis pas médecin !

– Comment il fait pour cantiner ?

– Il communique avec des signes de la tête et il écrit aux matons. Mais t'inquiète, on l'a déjà entendu marmonner, ce petit coquin ! Hein le Muet ?

Le long type sourit, un peu gêné.

– Ah ouais ? Mais attends il parle ou pas ? Je comprends pas.

– T'es fou, mec ! Il a perdu l'usage de la parole mais on l'entend grogner comme un phoque le premier samedi du mois, ce bâtard ! Il se croit sur la banquise quand il regarde le film de boule de Canal et qu'il s'astique le machin.

Zulu Boy imite le grognement d'un phoque. On explose de rire, le Muet rougit.

– Hé, t'inquiète, si t'es muet tu vas retrouver l'envie de parler quand tu vas entendre mon rap, poto ! Soir ce, fais passer un de tes gâteaux. Les brownies.

Le Muet continue de tourner avec nous. Il hoche la tête sur les phases de Zulu Boy qui débite des paroles comme un Ghetto-Blaster. Même si le Muet a bougé la tête et les mains, mon pote s'est trompé, son rap ne lui a pas rendu la parole. J'écoute les rafales de Zulu Boy et garde un œil sur les mecs de Montreuil qui rôdent, toujours à l'affût d'un type à hagar. Ils n'ont rien trouvé.

L'auxiliaire qui accompagne le maton nous fait passer des escalopes de dinde halal qu'un des surveillants, qui connaît bien un frère de Zulu Boy, a fait entrer. Ils bougeaient tout le temps ensemble avant qu'il passe les concours au ministère de la Justice et devienne premier surveillant. Il a travaillé à Bois-d'Arcy et à Fresnes avant d'atterrir à Villepinte. Il introduit des téléphones et de la nourriture dans l'établissement pénitentiaire pour arrondir ses fins de mois. Il opère avec la complicité de quelques détenus. L'auxiliaire nous donne aussi des parts d'un gâteau que le Muet nous a préparé. Il a un CAP boulangerie et nous cuisine de temps en temps des pâtisseries et des plats.

– Téma, le Muet m'a fait un de ces gâteaux de bâtard !

Je me colle contre le mur et communique avec mon voisin.

– Hé le Muet, demain, fais-nous un truc aux pommes. Je te fais suivre de quoi faire et je te mettrai un peu de quoi t'évader. De la bonne zeb !

J'allume la plaque électrique, puissance maximum, et je pose la poêle. Une fois que les premières gouttes d'huile claquent, je fais revenir les tranches de dinde. Je verse de la crème fraîche. Putain, dommage que c'est pas Pierrette de la pub Bridelice qui me l'a ramenée, je me serais occupé d'elle. Je touille avec la spatule et verse les pâtes que j'avais déjà fait cuire. La sauce blanche fait des petites bulles. Le plat est prêt.

– Zulu Boy, passe des assiettes.

– Tiens poto.

– Elles déchirent sa mère, tes escalopes.

– T'inquiète, c'est mieux que le 129, ici.

– Putain, avec les escalopes à la crème fraîche et les gâteaux au chocolat, on est frais.

– Ouais, frais de dingue.

– Villepinte, sa mère !

– Villepinte sa grand-mère !

On dévore notre repas en quelques minutes. Zulu Boy nettoie les ustensiles et se pose sur son lit. Il gratte des textes de rap sur son cahier. Je regarde la télévision.

– Attends, baisse le son poto, je crois que j'ai trouvé une phase de ouf !

Zulu Boy répète :

– T'as fait du gen-ar, mais tu t'es fait péter… Ta liberté s'est écroulée / Écroué dans ta cellule, il te reste que tes couilles pour résister, ou tes yeux pour pleurer ! Putain ça claque sa mère, c'est un putain de refrain !

– Frais, t'as un putain de don.

Mon téléphone vibre.

– Allô ?

– Ouais Salam aleykoum Ilyès !

– Wesh, Salam aleykoum Sofiane, ça va ? Ça fait zizir de t'entendre.

– Ouais, haimdoulah. Quoi de neuf le cousin ?

– J'étouffe ici mais bon, pompes et haltères y a que ça à faire, zinc. Et toi quoi de neuf ?

– Rien de spécial. Toujours la même merde dehors.

– Tu t'es occupé de la daronne ?

– Ouais, Khaled a géré. Il lui a ramené tout le nécessaire. Il reste que l'évier à installer et elle aura sa nouvelle cuisine. On lui a pris la couleur vanille, l'Ancien a tout réglé. C'est cool. Elle va kiffer quand elle va venir te voir au parloir.

– Sinon ?

– Rien. Rien.

– Ça dit quoi ?

– R… Rien.

– Wesh, c'est quoi ton délire ? T'es chelou, qu'est-ce t'as ?

– Non ! Oh, putain, t'as foutu du rouge à lèvres sur mon pantalon !

– Quoi ? À qui tu parles ?

Je comprends quand j'entends la voix d'une meuf qui chuchote à l'autre bout du fil.

– Qu'est-ce tu fous Sofiane ?

– Non… Rien. Enfin je suis avec une copine.

– Sale bâtard ! Tu m'appelles pendant que tu fais des trucs avec une meuf, t'es sérieux là ?

Je lui raccroche au nez. Zulu Boy sort la tête de son cahier.

– Wallah, ton cousin, il nous respecte pas en faisant ça. Putain, on est en chien mon frère, et il fait des coups comme ça. Laisse tomber.

– Ah ouais. Il est flippant avec les meufs. Y avait un dossier sur lui à la cité.

– Avec la nourriture pour chien ? Tout le 93 est au courant. C'est même passé au 20 heures du ghetto.

– Non, avec la meuf de la camionnette.

– Quelle camionnette ?

– Mon cousin livrait des journaux, il avait une fourgonnette rouge. Un matin, il a commencé le travail à cinq heures. Y avait une meuf qui marchait sur les Champs-Élysées. Elle portait des talons et une minijupe, et sortait de boîte de nuit. Quand il l'a vue, il a laissé tomber la livraison et lui a demandé où elle allait. Elle lui a répondu qu'elle rentrait et, lui, il lui propose de la déposer. La meuf a fini par accepter. Elle habitait au fin fond du 77, sa mère ! Il prend le périphérique et l'A4. Il a roulé pendant trois quarts d'heure. Mon cousin s'en fichait et se disait que, de toute façon, plus c'était loin, plus la récompense serait intéressante. Il s'imaginait déjà la meuf en train de lui faire une gâterie. Il a quitté l'autoroute pour une petite route qui traverse une immense forêt. On aurait dit la forêt des Ewoks, mon frère ! La meuf était en panique de ouf ! Elle voyait que les yeux de Sofiane étaient pleins de plans pornos. D'un coup, elle commence à crier : « C'est là ! C'est là ! » Il n'y avait rien autour de la route, à part des arbres, des arbres et encore des arbres. Il lui a dit : « Où ? C'est là ? » La meuf continue de gueuler : « Arrête-toi bordel ! Arrête-toi ! » « On est dans une forêt ? Mais, attends, on a même pas parlé. » D'un coup la meuf ouvre la porte et se jette alors qu'il roule encore à quarante kilomètres heure. Il a été surpris. Dans le rétro, il a vu la meuf faire des roulés-boulés comme une cascadeuse. Elle s'est relevée et a déguerpi comme un lapin dans les bois. So est resté bouche bée.

– Elle avait surtout vu la dalle de ton cousin, elle a vu la mort !

– Il est rentré sans récompense. Quand il nous a raconté ça, on l'a appelé Émile Louis pendant plusieurs semaines. Il était dégoûté.

Mon téléphone vibre, c'est Sofiane qui me rappelle. Je décroche mort de rire.

– Wesh, pourquoi t'es en train de rire ? Ça te fait golri à ce point la prison ?

Samedi 17 mai 2008, 02 h 08
Saint-Denis

La basilique et les tours couleur pastel dominent le centre-ville dont les paupières de fer sont encore fermées. Un type jette sa bombe de peinture et prend la fuite. Il a reconnu le véhicule banalisé de Stéphane et Michael.

– Regarde là-bas Michael ! Arrête-toi !

La voiture pile devant l'arcade du centre commercial. Stéphane sort et course le fuyard qui se retourne, s'emmêle les pieds et tombe. Alors que le flic l'a presque rattrapé, il se relève et reprend sa course. Stéphane le tacle au talon avec la pointe du pied et lui fait perdre l'équilibre. L'inspecteur lui monte dessus, le type se débat. Michael arrive alors et aide son collègue à l'immobiliser.

– J'ai rien fait, lâchez-moi !

– Pourquoi tu cours alors ?

Yazid est connu des forces de l'ordre pour vandalisme sur la voie publique et vente de produits illicites. Stéphane se fout de sa gueule.

– Putain, c'est un ouf. Tu sais pourquoi ce con court ? Il fait du graffiti. Regarde ses vêtements. Hé, Yazid, faut pas te sauver comme ça.

– Lâchez-moi, putain ! Vous avez trop regardé *Hooker*.

– Et toi t'as trop regardé *H.I.P. H.O.P.* et l'autre clown de Sidney. Tu fais toujours du rap ? T'as bientôt quarante balais, faut arrêter avec les wesh wesh yo. Même Kool Shen a arrêté. Tu te vois plus tard avec tes petits-enfants ?

Les flics le fouillent. Ils trouvent quelques barrettes de shit.

– C'est bon ça, c'est ta conso ou ta vente ?

Les trois hommes retournent à l'endroit où Yazid s'est fait cramer. Le visage de Stéphane s'assombrit devant l'énorme graffiti : NIQUE LA POLICE. Les lettres sont rondes et pleines de couleurs. Le sol est taché par des postillons de peinture. Les bombes ornent le bitume. Les deux inspecteurs contemplent l'œuvre de Yazid.

– Putain, t'as vraiment des fantasmes bizarres !

– Michael, c'est quoi ? Insulte à représentants de l'autorité publique, dégradation de biens publics, détention et vente de stupéfiants…

– Laissez-moi, qu'est-ce que vous voulez ?

Stéphane lui retourne une baffe et le traîne jusqu'à la voiture. Direction le commissariat.

Tout a débuté en 1983. Yazid Bekri, alias Zidelas, fait ses premiers pas dans le graffiti. Il commence à marquer son blaze sur les murs de la ville, puis dans les couloirs du métro. Il massacre plusieurs wagons. Il veut prendre le pouvoir dans le royaume du hip-hop. Coups de pression, toy, l'artiste est rapidement devenu le king, la terreur des terrains vagues franciliens. Bien sûr, il s'est fait pincer, mais après avoir donné quelques dealers, il s'en est tiré. Au fil du temps, il devient comme Hugguy les Bons Tuyaux. Tout ça pour sa dose de shit, et sa dose de kiffe : inscrire sur les murs qu'il nique la police.

Cinq heures du matin, Yazid est toujours dans la salle d'interrogatoire.

– J'ai pété les plombs, je le reconnais. Mais les autres murs, c'est pas moi.

– C'est qui ? Tu sais combien ça va te coûter, tes gribouillis et ton shit ?

– Je m'en bats les couilles. T'as cru que c'était un truc de ouf !

– D'accord. Quand je vais te foutre de la came dans la poche, tu feras moins le malin, espèce de con.

– Mais qu'est-ce tu racontes ? Quelle came ! Moi, j'ai pas de came. Je suis pas un schalgue. Hé, je suis une figure du hip-hop, ta police, tout ça, je m'en bats les couilles. Espèce de bâtard ! Je t'encule, je nique la police ! Moi, je la nique la police !

Une grosse claque fait voler sa tête.

– Ta gueule ! Pour rester hip-hop, tu donnes des mecs de chez toi. On le sait. Ouais, t'es un mec hip-hop, mon pote !

Stéphane le chope à la mâchoire.

– Ta putain de gueule tu vas la fermer si c'est pour dire de la merde. Je m'en bats les couilles de tes graffitis. Si tu veux faire le fou, je vais te rendre fou. T'as compris ! T'as compris l'artiste ?

Yazid voit bien que Stéphane ne fait pas semblant. Sa rage est réelle. Il tremble. Michael, spectateur, tourne dans la pièce. Stéphane ne tient pas en place.

– Tu vas me rendre un petit service.

– Quel service ? Tu veux quoi ? Tous les mecs qui ont travaillé avec vous sont morts. Moi, j'ai rien à voir avec les Sérigné et compagnie.

– Je sais que tu connais bien le Marseillais.

– Attends, attends, j'ai rien à voir avec ce petit pédé. C'est un petit de ma cité.

– Ouais, je sais bien. Justement, je te propose de m'aider à le coincer.

– Pourquoi ? Pour ses cartes ? Il en fait tout le temps. Il suffit de le pister, c'est ton boulot, pas le mien ! Tu veux que je fasse quoi ? Je te le donne lui, si c'est pour ça que tu t'emportes.

– Je te propose de travailler. Tu vas te faire de l'argent.

– Et si j'ai pas envie de travailler avec toi ? Si je veux pas me faire de l'argent avec toi ?

– Si tu veux pas ? Tu comparais devant un juge d'instruction pour détention et vente de stupéfiants. Tu feras une peine de quelques mois et quand tu sortiras, je serai encore là. Je te coincerai encore avec des produits. Yazid, je te lâcherai pas, jusqu'à la fin de ta vie. Au bout d'un moment, les allers-retours vont t'user. Tu te suicideras sûrement en taule. Tu te pendras avec tes draps. Ton codétenu sera en promenade et tu laisseras un tag RIP.

Yazid voit la scène. Il est en panique.

– Mais qu'est-ce qu'il a le Marseillais ? Et comment je vais me faire de l'argent ? J'ai déjà taffé avec vous et j'ai pas pris d'oseille !

– Il a coffré beaucoup d'argent, on a des sources. Tu auras ta part.

– C'est quoi ma part ?

– Yazid on va te mettre bien. Alors il traîne où quand il est dehors ?

– Après ses coups, il revient toujours à la cité.

– Comment ça se fait ? Sa planque est quelque part par là ?

– Je sais pas, mais il y a sûrement une raison.

– Tu connais ses rapports avec sa famille ?

– Il a un petit frère qui fait la même. On dit que c'est sa relève.

– Tu penses que son petit frère connaît la planque ?

– Non, personne ne connaît sa planque. Le Marseillais a déjà eu des histoires avec des mecs qui voulaient le lever, mais il a quelqu'un qui le protège. L'Ancien.

– Oui, on sait déjà. Tu sais pas grand-chose en fait.

– Je vais vous dire la vérité. Ce mec, depuis qu'il est petit je le hagar, c'est pas quelqu'un que j'aime bien. Je lui piquais les téléphones qu'il volait. Si aujourd'hui je peux l'enculer, je le ferai. Maintenant je connais pas sa planque.

– Non. Mais tu le connais et tu vas nous aider à le piéger.

– Comment ?

– Le Marseillais sort dans un mois. Tu vas aller le voir pour lui dire que le mec qui l'a balancé veut lui monter une mayo pour qu'il retombe direct. Tu vas lui proposer de lui donner l'adresse du type.

– Mais il ne va jamais m'écouter, on se déteste depuis toujours.

– Tu vas lui dire que le type t'a carna toi aussi, et que tu veux mettre vos différends de côté pour te venger.

– Et pourquoi il me croirait ?

– T'inquiète, on va s'organiser pour rendre l'histoire crédible.

– Non, je le sens pas, c'est trop chaud.

– Tu veux continuer à peindre ?

– Je vois pas le rapport.

– On peut te couvrir. T'es un mec hip-hop.

– Qu'est-ce que tu connais au hip-hop ? Rendez-moi mon shit et mon fric, ensuite je verrai.

– Si tu veux vraiment faire le fou, on va te remettre en cellule.

Michael tire Yazid de sa chaise et le boucle. Il revient vers Stéphane.

– Il fait vraiment chier ce petit con de Yazid.

– T'inquiète, c'est un faible. Il va marcher.

– Mais qu'est-ce que tu crois que le Marseillais va faire à Hervé quand il l'aura entre les mains ?

– Je sais pas, mais quelque chose qui peut le remettre à l'ombre pour un bout de temps.

Après quelques heures passées en cage à inscrire son nom sur un banc, Yazid a bien réfléchi, il est prêt à accepter leur offre.

Quelques jours après son interpellation, Yazid part en mission dans les souterrains du métro avec deux potes, ils sont couverts. Ils vident leurs bombes métro Saint-Lazare. Les trois types sont sur le qui-vive, ils craignent l'arrivée du premier wagon et finalisent le dessin d'une femme nue. Les graffeurs ont passé toute la nuit à réaliser une fresque d'une vingtaine de mètres. Yazid donne le rythme.

– Vite, les gars !

– J'imagine la gueule des voyageurs lorsqu'ils vont voir ça.

– C'est clair, on a déchiré !

Yazid a l'air hypnotisé. Il bloque sur le quai en face.

– Téma ! Téma ! Sur le quai y a un zèbre !

– Un quoi ?

– Un zèbre ! Là sur le quai !

Son pote regarde à son tour. Le zèbre a disparu.

– Mais qu'est-ce que tu racontes Yazid ? Un zèbre ?

– La tête de ma mère, je viens de voir un zèbre !

– Hé Yazid, tu fumes trop de shit !

– C'est ta mère qui fume trop de shit !

Le lendemain, spliff à la bouche, posé dans sa vieille Clio noire, Yazid lit *Le Parisien* avec un pote. Le journal consacre deux pages aux stations de métro et aux rames de trains entièrement recouvertes par Yazid et son équipe.

– Je te jure, j'ai vu un zèbre ce jour-là.

– T'es sérieux ? Un zèbre à cinq heures du mat sur le quai du métro. Tu te rends compte de ce que tu racontes ? Il tue trop sa mère mon tag sur le wagon. Regarde.

– Téma le zèbre ! Téma le zèbre il est encore là !

– Mais ta gueule avec ton zèbre.

– J'ai vu le zèbre. Il était encore là. C'est le même qu'hier dans le métro.

– Putain mais c'est toi le zèbre ! Vas-y je me casse.

Lundi 26 mai 2008, 12 h 50
Villepinte

Une femme d'une cinquantaine d'années marche avec courage vers l'entrée de la maison d'arrêt, malgré la chaleur et la fatigue, après une heure passée dans les transports. Elle est impatiente de retrouver son fils pour la visite hebdomadaire qu'elle ne manque jamais. Depuis plusieurs mois, elle a le sommeil léger. Elle tient dans sa main un cabas de vêtements qu'elle a lavés et soigneusement préparés.

À l'accueil de la prison, elle présente sa pièce d'identité au surveillant, qui consulte le registre pour confirmer le rendez-vous. La première porte franchie, un maton contrôle de nouveau son identité et vérifie que la femme n'a rien d'interdit sur elle. Elle dépose ses effets personnels dans un casier et s'installe dans la salle d'attente. L'air de la pièce est sec et les murs blancs font penser à ceux d'un hôpital. Parmi les autres personnes, elle reconnaît une autre maman.

– Bonjour madame, ça va ?

– Oui, et vous ? Votre fils va bien ?

– Haimdoulilah. Et le vôtre ?

– Il sort du mitard, il a fait des bêtises, mais ça va.

La femme soupire.

– J'espère qu'il ne me fera plus vivre ça.

La mère du Marseillais hoche la tête. Une dizaine de familles attendent leur tour. Personne ne parle, personne n'est fier de voir un des siens derrière les barreaux. Le silence et la gêne. Les quelques enfants présents jouent et s'amusent. Madame Visa se lève et passe le portique de la cabine de contrôle.

Zulu Boy fait des pompes dans ses neuf mètres carrés et se tape un délire, son à fond.

– Vingt-huit, vingt-neuf, trente !

Il se relève, le corps en sueur, les muscles de son torse saillants. Il semble satisfait de sa plastique.

– À la Fifty, mec !

Il chante et s'improvise rappeur cainri.

– J'ai gratté un autre couplet mec, et je le connais par cœur. Celui-là, il est fou.

– C'est toi le fou !

« Pointeur au sol en sang et sans chicots, discussions de stups entre potos, gardiens menacés par des petites frappes, mauvaises blagues qui dérapent, injures et mensonges au mètre cube, loi du silence comme habitude, boss qui contrôle son bâtiment, regards méfiants, haltères lourds soulevés, pectoraux bombés, matchs de foot et de basket improvisés, boîte de conserve dans une chaussette, bagarre et coups de tête, s'échapper en hélicoptère, creuser un tunnel à la petite cuillère, grilles comme limite, quatre cents pas entre quatre cents types, volume à fond le premier samedi du mois, les paluches pleines de Nivea, dignité démolie et virilité ramollie, tristesse masquée et sourire affiché, paranoïa surélevée, muscles affûtés, barrettes introduites au parloir, mère et sœurs en pleurs tard le soir, chichon et puces dans les parties intimes, prend son codétenu pour sa petite copine, gardien qui distribue des capotes à des couples de potes, matons soudoyés, permis de visite accordés, anciens en chien, miskin mesquins, prisonnier calme et solitaire rêve d'évasion par les airs ! »

– Putain, t'es de plus en plus fort.

– Mec, le disque d'or, direct quand je sors !

Seulement Zulu Boy n'est pas à Bercy mais à Villepinte-City. Je l'écoute mais je ne suis déjà plus là, aujourd'hui je vois ma mère. Ses visites me font du bien, mais je suis triste de la voir mal. Elle vient par ses propres moyens, j'ai la rage, j'aimerais la soulager de toute cette merde. C'est ce qu'elle endure qui me ronge. Ici, je me suis habitué et puis, avec Zulu Boy, on est comme à la cité. Sauf qu'il y a pas de meuf. Le surveillant tourne la clé dans la serrure.

– Ilyès, c'est parloir !

J'enfile mes Nike Air. Les pas du maton claquent dans le couloir froid, les cris des prisonniers donnent l'ambiance musicale de Villepinte. Je salue ceux que je connais.

– Wesh, bien ou bien ?

– Ouais, tranquille. Si, si !

J'en vois un qui connaît ma réputation et me regarde comme si j'étais un joueur de ligue 1, je le laisse rêver. Il attend que je le salue, mais je fais style de ne pas l'avoir vu, je suis pas ici pour me faire des amis ou raconter ma vie. Ma mère est la seule à se faire des cheveux blancs pour moi. Le parloir m'a permis de voir qui étaient mes amis, j'en ai pas. À part Khaled et quelques proches, il n'y a personne dans l'univers carcéral, juste ta solitude et pas mal de putes qui disent être tes potes. Mes soi-disant potes d'enfance ne m'ont même pas envoyé de mandat, alors qu'ils sont dehors à vider des bouteilles dans les clubs de la capitale. L'amitié, un mot qui signifie gratter des verres à ta table quand tu es en boîte de nuit, ou profiter du fruit de tes crimes pour s'habiller chez Gucci. À chaque pas, j'ouvre de plus en plus les yeux sur le monde. Le surveillant nous arrête et, avec les autres prisonniers, j'attends l'heure. Je regarde mes pieds, putain, dire que je suis né pour briller et je suis là avec ces clochards. Derrière la vitre, je vois ma mère, elle porte une veste longue et un foulard. Son visage s'illumine quand elle me voit, mais je sais qu'elle est fatiguée par mes conneries, par ces trajets, par ses pensées qui lui donnent des migraines, mais elle ne dit rien. Maman a fait des ménages pour nous nourrir et nous habiller, je vais prendre soin d'elle. Elle retient ses larmes, ses yeux brillent, mais elle contient sa tristesse. Elle me serre fort dans ses bras. Je fuis ces moments, je ne peux rien montrer car la prison me rend chaque jour un peu plus dur et surtout, ce n'est pas l'endroit où il faut craquer. Contre elle, le dur redevient le gosse qui cherche l'amour maternel. Ma mère s'assoit sur la chaise en bois, ses yeux me parlent. Je fuis son regard car je lis qu'elle porte ma peine sans se plaindre.

– Ouldi, labess ?

– Haimdoulilah, moué et toi ça va ?

– Haimdoulilah, ça irait mieux si t'étais à la maison. Tu as maigri, non ?

– Non, je mange bien, mais il n'y a pas de bon tagine ici.

Elle sourit.

– Tu as vu Khaled, moué ?

– Oui, il est passé ce matin, c'est lui qui t'a ramené des affaires. Khaled a fait des courses, c'est vraiment quelqu'un de bien. Tu sais ouldi, c'est important de savoir que les amis, ce ne sont pas les gens qui profitent de toi, mais ceux qui sont là quand tu en as besoin.

– Je sais moué, je sais…

– Et Nordine, Fathia, Nora, ils vont bien ?

– Oui, Fathia vient d'avoir ses examens. Et Nora a eu de bonnes notes, elle passe en seconde, on est pressés d'être avec toi à la maison.

– Inch'Allah, bientôt. Il ne me reste qu'un mois, après c'est fini tout ça.

Enfin, la prison c'est comme les résolutions du jour de l'an : tu fais plein de projets, mais une fois la cage ouverte, tu t'envoles.

– Moué, si tu as besoin de quoi que ce soit, tu me le dis.

– Ouldi, j'ai besoin de rien, je travaille, j'ai tout et je prends ce que Dieu me donne.

– Oui, je sais moué… Je sais. Tu sais, quand je sortirai, je vais trouver un travail, et on va tous être ensemble.

– Inch'Allah, c'est tout ce que je souhaite.

Son regard est tellement explicite… Le temps de parloir s'achève et ma mère m'embrasse une dernière fois. Je sens son odeur mais les larmes ne sortent pas, car, ici, j'ai ma réputation. Le surveillant vient me chercher.

Je rejoins les autres taulards qui sont remontés. Voir leurs proches leur a permis de respirer un instant l'air extérieur. Quand tu vis en prison, la moindre visite te permet de voyager.

Zulu Boy fait des pompes sur les poings. Je retire mes baskets, je m'allonge sur le lit. Mes pensées sont toujours avec ma mère.

– La daronne va bien ?

– Ouais, j'ai la rage et encore plus envie de faire de l'oseille pour elle. J'ai envie de tout niquer, putain de sa mère.

Zulu Boy pousse de plus en plus fort et enchaîne les séries de pompes. Son souffle couvre celui de la télévision, et je m'endors avec Zulu Boy qui continue à gonfler ses gros muscles, et les hurlements des autres taulards.

Lundi 2 juin 2008, 00 h 33
Paris, XVIIIe arrondissement

Elvira regarde des clips sur MTV Base. Une pensée l'obsède : détruire le type qui est dans son lit. Michael est sorti d'entre ses cuisses depuis un quart d'heure. Il l'a désirée, elle l'a fait rêver. Depuis quatre semaines, elle le fait kiffer. Il a tort, on ne touche pas à la femme de son poto. Mais ses sentiments sont plus forts que les règles. La jeune femme est devenue sa conso. Il est accro à ses cuisses, à ses gémissements. La brune enfile un peignoir. Une bouche pulpeuse, un boule qui garde la pêche, une poitrine plate mais qui ne l'empêche pas d'être fatale au moment de l'acte.

– J'imagine la gueule de Stéphane s'il nous voyait.

– Quoi la gueule de Stéphane ? De quoi tu parles ? Pourquoi tu ramènes Stéphane ?

Michael se reprend :

– Je déconne. Enfin, je plaisante.

– Tu peux partir d'ici tout de suite.

– Qu'est-ce qu'y a ?

– Pars ! Sors d'ici ! Je me sens pas bien.

Michael tente de la prendre dans ses bras. Elle le repousse brusquement puis se laisse tomber sur le lit.

– Pars ! Pars ! Je te dis de partir.

– Mais je déconnais, Elvira pourquoi tu réagis comme ça ? À quoi tu joues, je comprends pas. Mais qu'est-ce que tu as avec Stéphane ? Il en a rien à foutre de toi et de ta vie ! Tu crois quoi ?

Michael finit par se rhabiller, se retourne une dernière fois vers Elvira. Silence. Il sort en claquant la porte.

Des larmes débordent des yeux d'Elvira, mais ses lèvres gardent la forme d'un sourire.

– Pauvre type. Espèce de con.

Michael retire l'antivol de son deux-roues et enfonce son casque. Il parle tout seul.

– Putain, j'ai déconné. Pourquoi je suis dingue de la meuf de Stéphane ? Elle me rend ouf.

Il met le contact, le pot d'échappement gronde.

***

1 heure

Elvira, en culotte sur son lit, continue de regarder les clips qui passent à la télévision et trouve des signes dans chacun des morceaux. Le sommeil ne vient pas, mais elle refuse de prendre ses cachets. Ses pensées se bousculent entre le passé et le présent. Elle prend son téléphone et compose le numéro de son ex.

Stéphane, debout contre la grande fenêtre de son salon, médite le plan qui va lui permettre de prendre les thunes du Marseillais. Appel masqué.

– Allô ?

– Stéphane ?

– Elvira ?

– Ça va ?

– Et toi ?

– Je t'ai envoyé un texto, tu me manques…

– Je te manque de quoi ? Je t'ai dit j'ai besoin de recul, pour moi c'est terminé.

– Je… Je t'aime moi.

– Mais je t'ai dit, nous deux c'est fini. Tu te crois dans *Liaisons fatales* ou quoi ? J'ai quelqu'un dans ma vie.

– C'est qui cette pute ? C'est qui ?

– C'est pas la peine de chialer, on décide les choses à deux. J'ai quelqu'un, respecte-la.

– Pas à deux, à trois !

– Comment ça ?

– Je suis enceinte Stéphane, j'attends un enfant de toi.

– Qu'est-ce que tu racontes, t'as pris des cachets ?

– Non, je suis enceinte, t'as très bien compris.

– Ouais, ben, c'est bien ! Tu m'appelles pour me dire des conneries. En tout cas, ce n'est pas le mien.

– Si c'est le tien ! Il n'y a qu'avec toi que j'ai des rapports.

– D'accord, mais un enfant ça se fait à deux ! Alors tu ne le gardes pas, j'en veux pas ! Et puis ce n'est pas le moment. On n'est plus ensemble…

– Comment ça tu n'en veux pas ?

– Je veux pas en parler maintenant.

– Si ! C'est notre avenir !

– Ah ouais tu penses que c'est le moment ? Bah je vais te le dire tout simplement, tu avortes.

– Mais ça va pas, plutôt crever ! C'est de toi que je vais avorter.

– Casse-toi, sors de ma vie ! Tu crois que je vais céder à ton chantage ? Ça ne marche pas avec moi.

Il abrège la conversation. Elvira rappelle. Il ne décroche pas. Michael a dit vrai et elle le sait, mais sa raison est voilée par l'espoir et son passé partagé avec cet homme. Elle tourne en rond dans l'appartement. La folie rôde. Elle s'assoit, prend une feuille et un stylo. Sa main tremblante écrit sur le papier, ses larmes atterrissent sur la page.

***

Le commissariat est en ébullition, le préfet et le ministre de l'Intérieur sont en visite. Stéphane est à la machine à café, Michael passe devant lui.

– Ça va ?

– Mouais…

– Qu'est-ce qu'il y a ?

– Rien.

– T'es fatigué ou quoi ?

– Je t'ai rien demandé Stéphane, c'est bon.

– Qu'est-ce qui t'arrive ? Y a un souci ou quoi ?

– Putain ! Mais lâche-moi bordel ! Tu me montes à la tête.

Michael poursuit sa route jusqu'aux toilettes. Il se rince le visage et se regarde dans le miroir. Stéphane pousse la porte et se plante devant lui.

– Mais qu'est-ce qui t'arrive ?

– J'en ai marre ! Ras le bol de toutes ces magouilles. De toi, de tes plans, de tout ça ! J'en ai marre, j'ai envie de bouger d'ici.

***

Hervé tente de chasser le Marseillais de son esprit, un de ses amis lui a annoncé qu'il sortait bientôt. Un vent de panique souffle, il a perdu sa grande gueule et se sent seul tout à coup. Une voiture se gare derrière lui. Stéphane le rejoint dans sa Mercedes dernier modèle, toutes options, du cuir à la hi-fi.

– Ça va ?

– Ouais, ouais.

– Combien ?

– Trois fiches. Les noms sont sur la feuille.

– Tu sais que le Marseillais va être remis en liberté.

– Oui, je sais. Putain, il va sortir. Je suis en panique.

– Y a de quoi. Le type sait que tu l'as balancé. Au placard il parlait que de toi.

– Comment t'es au courant ? Tu sais comment je peux gérer ça ?

– Ouais. Il faut que tu ailles le voir.

– Mais t'es ouf ! Il va me canner !

– On s'arrange. Je serai là. On va s'occuper de lui et le mettre au frais.

– Mais ça me foutra encore plus dans la merde, il ne va plus me lâcher.

– Tu te souviens quand je t'ai dit qu'on ne fait pas des trucs comme ça. Tu l'as donné pour combien ? Cinq mille euros ? C'est ce que vaut ta vie aujourd'hui. Alors faut assumer et prendre des risques.

– Je voulais pas en arriver là.

Hervé se met à trembler de tous ses membres.

« Je vais te découper fils de chien. Je vais te lever, te tuer. Décroche sale bâtard… Sale chien, je vais te crever… » Hervé se passe mentalement en boucle le message d'Ilyès sur son répondeur.

– Stéphane, je t'en prie, je veux pas avoir affaire à lui !

Les yeux de l'inspecteur pétillent de vice.

– T'as une idée ?

– On peut lui tendre un piège. Il sort ces jours-ci. Je sais pas… Y a bien un moyen de le renvoyer en prison. C'est une vermine ce type.

– Oui. On peut lui foutre de la dope dans les poches ou un truc comme ça. Tu seras tranquille pendant un bout de temps.

– Je veux plus entendre parler de lui.

– Écoute, je vais m'en charger. Te tracasse pas. Il ne t'ennuiera plus.

Hervé a les yeux grands ouverts. Stéphane lui tape amicalement l'épaule.

– C'est vrai ? Merci Stéphane.

Ils se serrent la main, et Stéphane regagne sa voiture. Hervé sort un petit sachet blanc pour calmer sa peur.

– Ça va aller, ça va aller.

Mardi 24 juin 2008
Maison d'arrêt de Villepinte

Je passe mes dernières heures sous les verrous, je sors demain matin, c'est chelou. Je tourne en promenade avec deux gars. Zulu Boy se ramène.

– Hé le Marseillais ! J'ai fini le troisième couplet juste avant ta sortie !

Les deux types qui m'accompagnent l'ont déjà entendu, ils le téma comme si c'était 50 Cent.

– Vas-y, fais nous un freestyle !

Zulu Boy se balance sur un beat imaginaire, prend son souffle et débite :

« Concert de trousseaux de clés, temps arrêté derrière ces barres d'acier, gamelle et vaisselle quotidiennes, mentalité de hyène, seum dans les veines, Fuck les mythos, Fuck les michtos, rappeur en prison, stylo qui pleure, crocs qui font peur, regarde passer les saisons, salates matinales, douleurs intestinales, millionnaires en galères, rêve de monter sur un gros coup avec le Marseillais, Dab et T-max, bâtards de keufs qui m'ont stoppé, Numéro Un sur les dabistes, Boss de la fuite sur deux-roues, excitation à fond à chaque nouvelle agression, de l'arrachage au coup de pression. Né pour la gloire et les thunes mais passe pas encore sur la Une, yo-yo, dodo, bédos, boule à zéro, mal aux chicots, série de pompes et d'abdos, gamberge en forfait illimité, rêve de grosses putes, faim de gros einss, tasses en string, rage à perpète et journées qui se répètent, se chauffe avec du Fifty pour faire le Cainri, punchlines pour apaiser ma tristesse, pensées à celle qui m'a donné la vie, absence du paternel voilà où ça mène, suicides maquillés, pleurs discrets, moral en ferraille, bigo clando, pendaison silencieuse, guerre des quartiers derrière les barreaux, ballon, heb's, taule, zonzon, cachot, solitude qui s'invite dès le départ de ton poto, star des arrachés, né pour voler, attend sa sortie, balance en sursis.

T'as fait du gen-ar, mais tu t'es fait péter / Ta liberté s'est écroulée / Écroué dans ta cellule, il te reste que tes couilles pour résister, ou tes yeux pour pleurer. »

– Nan, franchement, il est mortel.

Le concert improvisé prend fin, il est midi. Nous rejoignons nos cellules, escortés par les surveillants. On a fait des pâtes au thon. Le Muet m'a préparé un gâteau aux pommes. Ils veulent fêter mon départ, mais je n'ai pas la tête à la fête. Je passe ma journée à zapper. Je regarde les informations sur i>Télé. J'ai les yeux rouges et un point dans le ventre. Je me suis habitué à la prison. Ici, on forme une famille. De ma fenêtre je vois le ciel bleu. Je décide d'aller rendre une dernière visite à Taureau. Il fait des pompes au pied de son lit. Je crois que depuis qu'il est là, il a dû en faire un milliard. Je commence à le chambrer.

– Poto, je te laisse les photos de ma femme, Jessica Alba ?

– Non, laisse tomber je préfère Halle Berry fréro.

– Ah ouais tu kiffes les meufs bleues.

– Mon frère, tu crois que c'est quoi Jessica Alba ? C'est pas une Arlbia, alors arrête !

– Ma meuf je vais lui mettre une burqa customisée, y a pas moyen qu'elle s'affiche en maillot de bain. Je lui achète une burqa avec une petite grille dorée, comme ça elle va kiffer.

– T'es un ouf, wallah !

On tape une barre.

Je viens de passer dix-huit mois en prison. Je me pose pas mal de questions sur l'extérieur et sur ce sale bâtard d'Hervé. Mon ego me chuchote de lui mettre une sacré correction, et ma raison me souffle d'oublier et de prendre un nouveau départ. J'ai d'abord besoin de faire le point et de profiter des miens. Souvent on se pose des questions dont on connaît les réponses. On fonce, pourtant on connaît l'issue, et quitte à être déçu, notre bêtise garde le dessus. Taureau entame une série d'abdos.

– Le Marseillais, tu vas faire quoi dehors ?

– Je sais pas.

– Je te parle pas des cartes, l'argent c'est ton moteur. Mais pour la poukave ?

– Wallah, je sais pas.

Taureau sait ce que j'ai au fond de moi. J'ai mangé pour ce petit fils de pute d'Hervé.

– Si tu veux faire quelque chose, réfléchis. Une fois qu'on a pris un chemin, on peut plus revenir en arrière. T'es jeune.

– Ouais, mais ce bâtard, je vais pas le laisser comme ça !

– Tu vas faire quoi ? Vaut mieux laisser ça de côté et avancer. Il t'a donné mais c'est toi qui l'a rincé. Quand t'es au top y a toujours des mecs qui sont là pour gratter. Et ce type, c'est juste un gratteur. Fais ton gen-ar, mec ! Mets ta famille ienb ! Tu veux faire quoi ? Le lever ? Tu seras de retour ici. Sois intelligent, mec.

– J'ai jamais fumé un mec, mais lui… Je te jure que si je le trouve, je m'en occuperais moi-même. La tête de ma mère, je vais me le faire ce chien ! J'ai trop le seum !

– Je vais te dire une chose, t'es un bon gars, et jusqu'à présent t'as fait que des cartes, mais fumer un gars c'est autre chose.

Le silence s'installe dans la cellule. Je suis un bon gars ? C'est ce que pense Taureau de moi et qu'il me le dise, ça me touche.

C'est ma dernière promenade et je dis au revoir à tous les potos de Saint-Denis. Au centre de la cour, un groupe s'est formé. Zulu Boy, le Muet, les mecs d'Allende. Taureau est content pour moi, je suis triste pour lui. J'ai la gorge serrée. Sans un mot, je le prends encore dans mes bras. Il me frappe dans le dos. Quelque chose dans son attitude suggère que je profite de la liberté pour lui.

– Taureau, mon pote, courage ! Hendek ! Fais bellek à toi.

– T'inquiète, je fais ma peine.

– Merci pour tout, franchement on a golri de ouf. À l'extérieur je te cantinerai une meuf.

– Non, va chez Décathlon, il me faut un banc !

– T'es un ouf, je te jure.

– Fais attention à toi petit frère !

– Oui, je ferai attention.

– Pense au Muet, envoie-lui des DVD pour qu'il retrouve la parole.

Le Muet encaisse la chambrette avec un sourire. Je contiens mon émotion. Taureau est plus fort que moi. J'abandonne le groupe et longe les couloirs gris du bâtiment. Dans la cour mes potes scandent : Le Marseillais ! Le Marseillais ! Le Marseillais !

Dans ma cellule je golri tout seul en pensant au Muet et à ses gémissements de phoque le premier samedi du mois. À l'autre fou de Zulu Boy, qui va sûrement continuer à embrasser sa chérie dans ses rêves et à remplir des cahiers avec ses textes. À Taureau, qui fait preuve d'humilité et de sagesse. Aux mythos et à leurs fables de rue. Aux parloirs avec ma mère. Je me mets à chialer parce que je laisse mes potes qui sont devenus des frères de galère. J'aimerais qu'on se retrouve tous ensemble dehors et qu'on profite de la liberté.

Mardi 24 juin 2008, 20 h 05
La Courneuve

Les vitres de la salle de boxe sont recouvertes de buée. À l'intérieur, ça chauffe. Deux hommes déchaînés s'affrontent sur le ring : les coups de poings, de genoux et de pieds fusent, le souffle et la force des deux hommes s'usent. Le flic contre la star des ghettos de Saint-Denis.

Jeremy jette son tibia dans le flanc gauche de Stéphane. Le flic le prend de plein fouet et renvoie le même. Jeremy répond aussitôt par un coup de pied plus puissant encore, Stéphane réplique avec la même intensité. Son regard est chargé d'électricité, celui de Jeremy est plein d'assurance. Le flic mord son protège-dents, il libère sa rage. Il voudrait masquer la douleur mais son visage parle. Le combat se joue sur un tempo rapide. Léon aboie :

– Allez Stéphane, le goût ! C'est ça ! Ouais ! Continue comme ça.

Le flic attaque avec une combinaison de directs et de kicks. Les muscles de Jeremy se contractent à chaque impact. Le champion du monde tente de placer l'assaut fatal. Léon le sait.

– Jeremy ! Relâche-toi ! Ne cherche pas le coup dur !

Le cuir des gants percute la peau de Stéphane et marque son torse nu. Jeremy a la férocité d'un Tyson, la puissance d'un Foreman, l'insolence d'un Ali. Il vole comme un papillon et mord comme un pit-bull. La salle entière vient assister à ce combat singulier. Les deux adversaires ne cèdent rien.

– Putain, comment le keuf est chaud ce soir.
– Ce fils de pute, il a dû se faire hagar au comico.
– J'aimerais pas monter sur le ring avec lui.
– Il se prend pour un ouf, ce bâtard !
– Il est là, quand même, le gars !

Un des coachs interrompt les deux jeunes :

– Allez on travaille, au lieu de regarder. Vous voulez que je vous ramène une pizza ?

L'enchaînement des chocs compose une violente mélodie. Jeremy puise sa force dans ses tripes, et Stéphane sa résistance dans son mental. Il décolle du sol avec un superbe genou sauté. Jeremy esquive d'un retrait du buste et lui plante son bras droit dans l'estomac. Le souffle coupé, Stéphane s'accroupit au sol. Léon s'approche de lui.

– Respire. Respire. Ça va ? Tu veux reprendre ?

Stéphane hoche la tête vers le champion et se relève. Ils s'échangent un sourire. Léon est heureux et fier, son élève a le goût de ce qu'il fait, il a enfin compris. Jeremy repart de plus belle et tente un high-kick mais Stéphane lui chope la jambe, la repousse et riposte. Le champion ne comprend pas où il trouve cette endurance et cette rage. L'entraîneur, lui, sait que la belle fille qui accompagne le flic et qui le regarde avec admiration anime le tigre qui est en lui.

La cloche sonne la fin de la mise de gants. Les deux boxeurs se serrent dans les bras.

– T'as fait du super boulot, chapeau.
– Merci Jeremy. C'est un honneur de mettre les gants avec toi.

Ils ôtent leurs gants, leurs protège-tibias et s'installent sur le tatami pour s'étirer. Les autres font des séries d'abdominaux. L'entraînement terminé, les pratiquants forment quatre lignes et les coachs saluent leurs élèves.

Le flic range son matériel et se dirige lentement vers Hanane, qui attire tous les regards.

– Ça va chérie ?

– Oui.

– Je prends vite fait ma douche et j'arrive.

– D'accord.

Dans les vestiaires, le flic croise Jeremy.

– C'est une collègue la fille qui est avec toi ?

– Non, c'est ma femme.

– Ah… Excuse-moi. Félicitations.

Stéphane se change et rejoint Hanane qui l'attend sur le parking.

– C'était impressionnant ton entraînement. Il est fort le boxeur que tu as affronté ?

– Oui, il est champion du monde, j'aime beaucoup sa manière de boxer.

– Tu as fait un super combat, ça veut dire que tu pourrais être champion ?

– C'est pas un combat, on appelle ça une mise de gant, je te rassure. Il a été gentil avec moi.

– Toi aussi, tu as été gentil avec lui.

Elle resserre son étreinte sur son bras. Des enceintes de la voiture s'échappe la voix de Keith Sweat, les deux amoureux en sont fans.

And who can love you like me (nobody) / Who can sex you like me (nobody) / Who can treat you like me now, baby (nobody) / Nobody, baby (nobody) And who can do it like me (nobody) / And who can give you what you need (nobody) / Who can do you all night long (nobody) Nobody, baby (nobody).

Hanane admire son héros, se demande s'il s'agit d'un flic ou d'une caillera, du mec de sa vie ou juste d'un rêve. À peine arrivés à l'appartement de Levallois, ils se jettent l'un sur l'autre. Stéphane laisse tomber son sac. Hanane le déshabille. Ils s'entrelacent et s'allongent dans le canapé. La jeune femme nue couvre de baisers le torse et le cou de son amant. Les cœurs accélèrent, tout comme les préliminaires.

Dans les draps, après leur séance de boxe thaïlandaise.

– Comment la fille qui était avec toi a pu te laisser partir ?

– Elle ne m'a pas plaqué, c'est moi qui ai rompu. Elle ne m'apportait plus rien. Puis je sais pas, j'ai pas l'impression qu'elle m'aimait. On était ensemble pour être ensemble. J'ai eu le sentiment qu'on courait après le temps, qu'on tentait de le rattraper, et qu'en fait on s'est essoufflés plus qu'autre chose.

Les lèvres de Hanane effleurent celles de Stéphane.

– Comment ça ? Tu voulais rattraper quoi ?

Stéphane est sombre et froid.

– Nous étions au collège ensemble. Cette fille avait un truc. Cette période de ma vie représente l'époque où j'étais chez mes parents, avec mes frères. Mes deux frères sont morts, il y a quelques années.

– Qu'est-ce qu'il leur est arrivé ?

– Le plus âgé est décédé dans un accident de moto. Le second s'est suicidé dix ans plus tard. Il ne s'était jamais remis de la mort de notre frangin. Ils m'ont quitté. Toute ma vie s'est effondrée à cette époque. Je me suis mis avec Elvira. Elle avait perdu sa mère. On a eu une histoire à travers la perte des nôtres. On a couché ensemble comme si cela nous permettait de cicatriser ces blessures. C'était faux.

Hanane se colle un peu plus contre lui.

– Vas-y, continue de parler. Je suis là pour toi. Je t'aime.

Après un silence, Stéphane reprend.

– On a grandi à Saint-Ouen. Mon père est marocain et ma mère française. Tous les deux ouvriers. J'ai pris mes distances depuis la mort de mes frères. Mon père me rabaissait sans cesse, me traitait de bon à rien, de merde. Si je suis devenu si dur, c'est parce qu'il m'a reproché la mort de mes frangins.

– Tu n'y es pour rien, c'est le mektoub.

– Je sais, mais j'ai grandi avec tout ça. Quelque part ça m'a forgé. Je suis devenu ce que je suis, celui qui était sur le ring tout à l'heure. J'ai cultivé la rage de mon père et son mépris.

– Pourquoi t'es devenu flic ?

– Je sais pas. J'avais envie de faire un métier qui met la pression. J'avais besoin de quelque chose qui m'occupe l'esprit. Avec la police, j'ai oublié tout ça. Je suis devenu violent comme le voulait mon père.

– Je l'ai vu tout à l'heure sur le ring.

– La boxe c'est mon refuge. C'est plus qu'un sport, ça me permet de m'évader. Dans la police, je vois des choses qui sont très dures : des collègues se suicident, des indics se font assassiner, les trafiquants sont de plus en plus féroces. À force de côtoyer le mal, tu finis contaminé. J'ai décidé de laisser s'exprimer mon côté obscur. Je suis mort depuis le décès de mon premier frère. J'ai été enterré à la mort du second. Tu sais, je pousse les mecs à bout comme le faisait mon père. J'ai le sentiment de prendre une revanche sur mon passé, d'aller toujours plus loin, et ça me fait rien de voir ces pauvres types s'écrouler face à moi. Je fais mon travail en vidant ces pourritures et ça me rassure de les voir craquer. C'est viscéral, je repousse les limites à chaque fois, je me nourris de leurs faiblesses.

Hanane lui mord les lèvres.

– Je n'aime pas la police mais je t'aime toi. Ma grande sœur était mariée à un flic. Il l'a tabassée pendant des années. On s'est interposés. Bref, laisse tomber.

– Tu es si belle.

Au milieu de la nuit, Stéphane se lève pour prendre une douche. Son dos et ses cuisses sont marqués par les échanges avec le champion. Les draps couvrent à moitié le corps de Hanane, doré par les lampes UV des enseignes Point Soleil. Le bruit de l'eau l'a réveillée. 3 h 15. Ses yeux se baladent dans la chambre, un objet posé sur la commode attire son attention. Elle est nue, ses fesses en forme de pêche roulent vers l'épaisse couverture de l'album photo. Elle tourne les pages. Stéphane gamin avec une énorme coupe. Le visage de sa mère, de son père, de ses frères. Elle comprend que ces clichés sont tout ce qui reste du patrimoine familial de son amant et embrasse une photo de lui, puis serre contre elle l'album. Stéphane sort de la salle de bains.

– Tu vas où ?

– Je m'absente pour la journée. J'ai une mission, je serai là ce soir, tu veux rester ici ?

– Oui, je ne travaille pas, et puis j'ai envie de me reposer.

Il tire une clé d'un tiroir.

– C'est un double, si tu changes d'avis, y a pas de problème.

Stéphane doit partir. Le Marseillais sort aujourd'hui.

Quatrième partie

Déséquilibre(s)

25-27 juin 2008

Mercredi 25 juin 2008, 08 h 42
Maison d'arrêt de Villepinte

Le Marseillais passe la porte métallique, un grand sac à la main. Un jeune homme descend d'une voiture et le prend dans ses bras. Un vent de liberté souffle sur le parking. Un peu plus loin, sur sa bécane, Michael assiste aux retrouvailles des cousins. Il est en liaison téléphonique permanente avec son collègue, garé à une centaine de mètres.

– L'info du maton était bonne. Il vient de sortir. C'est bien Sofiane, son cousin, dans la Fiesta bleue, et ils se font des big bisous. Ils se dirigent vers le rond-point.

– D'accord. Je les guette et je les filoche dès qu'ils arrivent.

– J'appelle Yazid pour qu'il se mette en place. S'ils vont sur Saint-Denis, on fait en sorte qu'ils se retrouvent.

La Fiesta s'engage sur l'A1, suivie par la Yamaha et la Laguna. Les communes de Seine-Saint-Denis se suivent et se ressemblent : Aulnay, Le Bourget, La Courneuve. Sofiane quitte l'autoroute et roule vers le centre-ville de Saint-Denis. Stéphane et Michael se rangent derrière eux, à bonne distance.

– Il va chez le coiffeur.

– Il a un drôle de délire.

– Tu te souviens du type qu'on a pisté et qui est parti aux putes dès le matin de sa sortie.

– Chacun ses mœurs.

Khaled pousse la porte du commerce. Il discute avec le Marseillais.

Michael téléphone à son indic.

– Ouais, Yazid, t'es où ?

– J'suis du côté de la piscine. J'arrive tout de suite.

– Grouille-toi mon vieux, ils sont chez le coiffeur en face du 129, au 42 Gabriel-Péri.

– Chez Hamed, je connais, j'arrive.

Stéphane reprend contact avec son collègue.

– Michael, tu l'as appelé ?

– Ouais, il arrive. L'autre est encore avec son ange gardien et des gars dans le salon.

– J'espère que cette merde de Yazid va assurer.

Une Clio noire dépasse la Laguna, puis la moto de Michael, et se gare quelques mètres plus loin. Le conducteur se pose contre la grande vitrine du salon de coiffure et attend que le Marseillais sorte.

– C'est bon, Yazid et le Marseillais se sont trouvés. Putain, j'espère qu'il va tomber dans le panneau !

Ilyès et Yazid se séparent sur une poignée de main. Le Marseillais remonte dans le véhicule de son cousin. Michael reste attentif.

– Tu penses qu'il va réagir ?

– Rien n'est sûr, mais vu l'embrouille qu'on est en train de monter avec nos gars qui tournent dans son quartier et qui demandent après lui, il va bien flipper. On lui a donné Hervé, il sait où le trouver. J'espère juste que son séjour en prison ne l'a pas calmé.

– Je croise les doigts pour que ça marche.

– Putain, ça devrait le faire Michael !

Sofiane dépose le Marseillais au pied de sa tour. Les deux flics, anxieux, se mettent à l'abri des yeux et des oreilles du quartier. Ils épient le bâtiment 3 de la cité Joliot-Curie. La Yam est postée au nord, et la bagnole de Stéphane au sud. La traque commence, ils restent branchés.

– C'est quoi ces endroits, des vrais dépotoirs ! Regarde la bonne femme qui balance la poubelle par la fenêtre. C'est complètement dingue. Les personnes civilisées ont déménagé et l'office HLM loge des gens complètement barrés. C'est de pire en pire.

– Tu penses qu'il va mordre ?

– Je sais pas. Il vient de faire dix-huit mois de ballon à cause d'Hervé. Mais avec cette génération, y a rien de prévisible.

– Pourquoi on se prend la tête à mettre tout ça en place, alors qu'on pourrait le lever direct ?

– Non. On va le pincer, et crois-moi que si on le chope en train de régler ses comptes avec Hervé, il lâchera sa planque. Là, tu vas le lever, il va faire le fier. On a pas le temps. Sinon on l'aurait cueilli à la sortie de Villepinte.

– On verra bien, souffle Michael. Putain, c'est long. Ça fait combien de temps ?

– Il va pas ressortir comme ça. Ce sont les retrouvailles de sortie de prison.

Deux heures s'écoulent et les deux flics se sont fondus dans le décor de la cité.

– Regarde ! Il est à la fenêtre ! Oh putain regarde les gamins là-bas ! Ils viennent d'arracher un sac à main. La pauvre bonne femme est larguée. Ils vont vider le sac dans le bâtiment du Marseillais. Regarde-moi ça ! La relève est déjà là. C'est vraiment des vermines ces gamins.

La Fiesta réapparaît entre deux blocs. Michael réagit.

– Y a son cousin. Il est de retour !

– Ouais, je viens de voir.

Ilyès sort du bâtiment et le rejoint. Michael les file.

– Ils ont pris la rue de Strasbourg et vont vers le centre-ville. Ils s'arrêtent à côté de la cabine dans le quartier Dourdin. Y a une énorme BMW. Stéphane, c'est l'Ancien !

– Ouais, l'Ancien ne se déplace pas pour rien. Si ça marche… Oh là ! là !

L'Ancien et Ilyès se donnent l'accolade.

– S'il lui dit de monter dans sa caisse, c'est qu'il a des choses à lui dire et qu'il a besoin de se mettre à l'écart.

– Qu'est-ce qu'ils se racontent ?

– Les mecs qu'on a envoyés tourner ont précipité les choses. Je le sens. Il est trop impulsif ce gamin.

– Arrête, vends pas la peau de l'ours.

– S'ils enquillent maintenant, c'est parfait.

– On a l'Ancien. Il se barre. On le filoche ?

– Non, ça sert à rien. Faut qu'on reste tous les deux sur le Marseillais. On ne se disperse pas. On va envoyer les frères Kadra et Yazid chez Hervé. S'il se passe quelque chose ils suivront.

– Ok.

– Le Marseillais est maintenant avec des mecs qui tiennent les murs de la cité à côté des cabines téléphoniques, ils sont six et ils ont l'air de se marrer.

– J'espère qu'ils ne vont pas dormir là sinon on va se faire griller.

– On reste là, et si c'est chaud, on bouge. Y a les jumeaux. Et le gars qu'on a eu plusieurs fois en GAV. Que des petites frappes ! De la sale graine qui voudrait contrôler le ter-ter comme les Bensama.

C'est seulement en fin d'après-midi qu'Ilyès et son cousin repartent. Stéphane et Michael se remettent en route. Ils s'engagent sur la nationale 1 et traversent la cité des 4000. Ils coupent par les Francs-Moisins et prennent l'A86. Les flashs s'excitent sur les automobilistes trop pressés. La Fiesta arrive dans un quartier pavillonnaire du Raincy, une commune paisible et bourgeoise du 93. Ilyès marche vite, jette un coup d'œil derrière lui et frappe à la porte d'une résidence. Michael, caché au coin de la rue, n'en perd pas une miette.

– Je crois qu'on a sa planque, on a sa putain de planque !

– Je pense qu'il a une grosse partie de ses thunes ici.

Ilyès ressort après une demi-heure avec un sac de sport à la main. Retour à Saint-Denis, direction un local discret. Les flics ne le lâchent pas.

– T'as vu, y a le tout-terrain de l'Ancien.

– C'est du matos ou des thunes.

Le Marseillais regarde nerveusement autour de lui et se précipite à l'intérieur du bâtiment. Trois autres gars ne tardent pas à le suivre. Michael et Stéphane sont toujours connectés.

– Regarde Stéphane, si ça c'est pas une équipe.

– Je suis sûr qu'ils préparent le coup pour Hervé.

– Et si dans le sac c'est bien de l'argent, c'est qu'il a son cash dans cette maison.

– Ouais, mais je pense pas qu'il soit con pour tout laisser chez ce type.

– Tu te souviens avec les Bensama ?

– Quand ils ont coffré de l'argent chez un étudiant ? Il a disparu avec un million.

– Personne n'a jamais retrouvé le type. Ils avaient mis à prix sa tête à vingt bâtons. Cette anecdote a fait le tour de toutes les cités. Je ne pense pas que le Marseillais ferait la même erreur.

– Faut qu'on sache qui c'est ce type au Raincy.

– J'ai noté l'adresse, je me rencarde sur lui. On va envoyer les Kadra s'occuper de lui ce soir.

– Et si y a le cash, et qui nous mettent une banane ?

– Non, t'inquiète, c'est mes gars.
– Y a l'Ancien qui sort !
– Les autres vont pas traîner.

Quelques instants plus tard, les cousins refont leur apparition. La Ford démarre sur les chapeaux de roue. La traque reprend.

Jeudi 26 juin 2008, 00 h 10
Saint-Denis

La pleine lune brille et les loups des cités hurlent. Les deux flics, vêtus de noir, sont en planque devant l'immeuble du Marseillais.

– Stéphane, comment tu t'es arrangé avec les frères Kadra ?

– Je leur ai donné du matos et une enveloppe. Ils sont partis cuisiner le mec du Raincy.

– T'as eu des infos, c'est qui ce type ?

– Olivier, un escroc aux assurances et sociétés.

– Qu'est-ce qu'il fout avec le Marseillais ?

– Ce type est fiché pour escroquerie et il a différents business de voitures et de scooters sur Paris. Ça doit sûrement être un de ses complices qui fait passer des achats sur les cartes volées. Il est cramé auprès des banques et du tribunal de commerce. Il a monté des sociétés bidons de téléphonie. Il achetait du matos, plantait les boîtes et revendait tous les portables. Il faisait porter le chapeau à des gérants de paille. Un de mes indics le connaît bien.

– Mais qu'est-ce qu'il planque son fric chez un type grillé comme ça ?

– Peut-être que le gars lui doit juste de l'argent et qu'il est passé le récupérer. Un truc dans le genre.

– Je pense pas que l'intégralité de son fric soit là.

– Ben on va voir ça ! Les Kadra vont le faire tousser.

– J'espère qu'il y aura pas de souci avec les Kadra, putain, c'est déjà assez compliqué comme ça.

– Vas-y lâche-moi avec tes boniments !

– Stéphane, qu'est-ce qui t'arrive ?

– Excuse-moi… Je suis tendu depuis quelques jours.
– Pourquoi ?
– C'est un tout.
– Elvira ?
– Non, même pas. Je suis plus avec elle.
– Ah ouais ? C'est fini entre vous ?
– Ouais, trop compliqué. Je la connais par cœur.
– Mais à la base vous êtes ensemble ?
– Non. J'ai une autre personne dans ma vie.
– Et Elvira ?
– Michael, après tout ça, je me casse. Je me barre loin des brassards, des menottes et du gyro, ça fait dix piges. C'est bon. Elle, c'est pareil.
– Vous aviez une sacrée histoire tous les deux.
– Putain, si tu savais. C'est une tarée cette nana.
– Pourquoi tu parles comme ça ?
– Attends, tu te tapes un délire, là ? T'es psy ou quoi ?
– Non, mais…
– Mais quoi ? Tu me poses des questions et on dirait que t'as les réponses. Hé Michael, si t'as des questions sur elle, tu vois avec elle directement.
– Mais qu'est-ce que tu racontes Stéphane ?
– On n'est pas là pour parler d'elle. Je m'en fous complètement d'elle ! Vas-y laisse tomber. Tu m'énerves !
– Pourquoi tu t'emballes comme ça ? J'ai toujours marché avec toi et, sous prétexte que t'as un problème avec elle, tu t'énerves sur moi.
– Tu sais quoi, je n'ai aucun problème de meuf. Et encore moins avec elle, elle peut clamser je m'en bats. Tu comprends ce que je veux dire ?
– Arrête, dis pas des trucs comme ça.
– Mais c'est la vérité ! Tout ce qu'on fait, je le fais pas pour m'amuser. Je veux quitter ce pays. C'est bon, j'ai tout donné.

Michael a une boule en travers de la gorge. Il se tait. Un mur de silence s'est édifié entre les deux flics. Stéphane lui tend un chewing-gum.

– Non, merci.

– Et toi ?

– Quoi moi ?

– T'as quelqu'un dans ta vie ?

– Pareil, je compte bouger mais je suis pris.

– Ah bon ?

– Une histoire avec une meuf. Mais je sais pas. Je ferais n'importe quoi, pareil.

– Tu me l'as jamais présentée.

– C'est récent.

– Et Nathalie ?

– C'est de l'histoire ancienne. Elle avait son gosse, et puis une meuf de la famille, c'est dur.

– Les femmes, je te jure. C'est ouf. On va se payer notre ticket de sortie mon pote.

– J'espère. C'est quoi la suite du plan ?

– On va les filer jusqu'à cette putain de planque.

Le téléphone vibre.

– Tiens, les frères Kadra. Allô ?

– On a fait tousser le gars. Y a rien. On a pris un peu d'oseille mais ça dépasse pas trente mille euros.

– Vous avez fouillé ?

– On a retourné la maison et on a piétiné le mec.

– Bon, on passe à la suite. Vous vous mettez en planque devant chez Hervé avec Yazid.

– D'accord.

– À plus.

Michael interroge Stéphane du regard.

– Alors ?

– Rien.

– Putain.

– En plus j'ai ma convocation demain à l'IGS pour l'affaire Tressier, ils veulent me voir. Je suis obligé d'y aller, j'ai voulu la décaler mais pas moyen.

– T'as pas à t'inquiéter de toute façon ?

– Je sais mais bon, c'est chiant. Il va falloir se rendre là-bas. On a autre chose à faire.

Jeudi 26 juin 2008, 11 heures
Enghien-les-Bains, quartier pavillonnaire

– Allô Hervé ?

– Ouais.

– Il est sorti… D'après les échos que j'ai, il te cherche. Il faut que tu restes chez toi, tu seras plus en sécurité.

– Franchement, je vais me barrer quelque temps, c'est mieux !

– Non. On va le renvoyer au ballon, il va même pas faire vingt-quatre heures dehors. Toi, tu restes chez toi, occupe-toi de ta petite meuf et ne fais pas le con. Je me charge du reste.

– Stéphane, j'ai vraiment peur. Il m'a grillé.

– Putain, mais écoute-moi, je suis sur lui à l'heure où je te parle.

– Je te jure, je te rendrai ça. Je te jure.

– Y a rien. T'inquiète.

Hervé a le teint d'un cachet d'aspirine. Dans son lit, une femme au corps de rêve sommeille.

– Sandrine, fais le ménage, c'est le bordel là !

La jeune femme ouvre les yeux.

– Ouais… Attends, qu'est-ce qui te prend ?

Le nez brûlé et le crâne sonné par les rails de cocaïne, elle replonge sa tête dans l'oreiller. Hervé aligne la drogue qui se trouve en vrac sur le chevet. Il sort un billet, le roule et renifle la poudre blanche. Il marmonne tout seul.

– On va l'enculer ce pédé, on va l'enculer.

Sandrine parle à son oreiller.

– Qui ça ? Quoi ?

– Ce bâtard de Marseillais.

La jeune femme se relève brusquement.

– Ton pote ? Il était où ? Pourquoi tu parles de l'enculer ?

– Il était au placard, il est dehors.

– On va se refaire des sorties alors ?

– Non, je pense pas.

– Pourquoi ? T'es en embrouille avec lui ?

– Ouais je suis en embrouille avec lui.

– Je comprends pas, c'est ton pote ou pas ? Qu'est-ce qui s'est passé ?

– Putain, c'est moi qui l'ai balancé. Putain Sandrine je suis dans la merde.

– Quoi ! Mais pourquoi t'as fait ça ?

– Pour l'argent ! Tu crois que t'as refait tes nichons avec quoi ? Avec son oseille !

– Quoi, mes nichons ? Mais tu me parles d'une opération d'il y a deux ans ? Je vois pas le rapport.

– Les cinq mille euros que je t'ai donnés cash, c'était à lui.

– Hervé, mais qu'est-ce que t'as fait ? Tu lui as pas rendu son fric ?

– Ben, non. Je l'ai pas remboursé et j'ai dû le dénoncer, alors tu vois dans quelle merde tu m'as mis !

Sandrine lui balance l'oreiller à la gueule et se met à chialer.

– J'en ai rien à foutre de ton argent ! Pour toi, je suis devenue la putain de tous tes potes de cité, alors que je t'aime ! Putain de merde ! Tu m'as demandé de me siliconer pour qu'aujourd'hui on en arrive là ? C'est quoi ce bordel ?

– Ta gueule ! Ta gueule, barre-toi de là !

Il empoigne Sandrine et la secoue violemment.

– Tu crois quoi ? C'est quoi tout ça ? Cet argent, il vient d'où à ton avis ? Avec quoi j'entretiens tes sorties ? Je suis dans la merde. Il veut me retrouver.

– Rends-lui son oseille, et excuse-toi ! Fais quelque chose.

– Mais qu'est-ce que tu veux que je fasse ? Il est resté deux ans en prison à cause de moi, deux ans bordel. J'ai peur, Sandrine. Tu comprends ? J'ai envie de partir, j'en ai marre de tous ces mecs de merde.

Il la serre contre lui et sanglote.

– Je vais me calmer, je vais me calmer.

Sandrine parle d'une voix douce.

– Qu'est-ce qu'on va devenir, Hervé ?

Il caresse tendrement son visage et la regarde dans les yeux.

– On va s'en sortir, bébé… Dis-moi, il te reste des clopes ?

– Non plus rien.

– Je vais aller en chercher, tu veux quelque chose ?

– Non, c'est bon.

Hervé descend les escaliers, ses pas le mènent dans l'allée où est garée sa voiture. Il se met au volant, démarre la Merco, passe la marche arrière et remonte doucement jusqu'au portail. Son téléphone vibre :

JE T'AIME BÉBÉ.

Il s'apprête à répondre au texto :

MOI AUSS

BOUM !

Un Touareg, avec des renforcements sur les pare-chocs, emboutit violemment l'arrière de sa voiture. Hervé bascule en avant et percute durement le volant. L'hémoglobine éclabousse le tableau de bord.

– Putain de sa mère !

Il jette un œil dans son rétroviseur. Deux types dans le 4 × 4, un troisième déjà à sa portière. L'agresseur, au gabarit impressionnant, lui expédie plusieurs patates puis le traîne hors de sa voiture.

– Lâchez-moi ! Pitié !

Hervé est jeté dans le coffre. Il tente de se débattre, mais le golgoth l'atomise d'un coup définitif. On lui scotche la bouche avec de l'adhésif. Hervé a des vertiges, la nausée. La peur et la détresse le paralysent. Le colosse ferme le coffre et le plonge dans le noir.

– Allô, on a le colis, l'information était bonne, l'Ancien.

– On se rejoint à Stains.

Les hommes de main de Stéphane, planqués dans leur caisse, ont assisté à l'enlèvement. Yazid est avec eux, il en a des sueurs froides. Stéphane a abandonné le sort d'Hervé aux mains des chirurgiens serbes. Ils sont réputés pour leur efficacité. Quinze mille euros, le prix des représailles. Si le crime paie, la délation nuit gravement à la santé.

Le Touareg passe par le centre-ville d'Épinay-sur-Seine, planté de grandes tours blanches. Cette ville fleurie et pavillonnaire contraste dans le 93 monochrome. Il traverse le quartier Delaunay, Dourdin, puis arrive à Stains, au pied de tours colorées. Il finit sa course dans la cité désaffectée. Deux des chirurgiens ouvrent le coffre, soulèvent la poukave comme une peluche et le portent jusqu'à la tour abandonnée. Pour ce contrat, ils ont choisi un ensemble qui sera détruit dans quelques semaines. Le conducteur les rejoint avec du matériel, une housse et une bâche en plastique.

– Jedan od vas ce da ostane ispred zgrade. (*Il y en a un qui reste devant le bâtiment.*)

– L'Ancien i klient dolaze. (*L'Ancien et le client vont arriver.*)

– Vec cemo da se probinemo za njega. (*On s'occupe déjà de lui !*)

Hervé tente de se carapater mais il se prend un penalty dans l'estomac. Il crache du sang. Un des molosses l'attrape par les cheveux et le projette contre le mur. Hervé se fait piétiner par des semelles, taille 47. Les deux tortionnaires continuent à s'amuser. Hervé danse le smurf à coups de pompes. Ils lui arrachent ses affaires comme s'ils allaient le violer et le laissent en sang, en slip et en pleurs. L'Ancien vient d'entrer dans la pièce. Il toise la victime sans manifester la moindre expression. La correction continue. Hervé a le visage gonflé, une arcade ouverte, des dents et quelques côtes cassées. La poussière absorbe le sang. L'Ancien se tient au-dessus de lui.

– Qu'est-ce que vous voulez ?

– C'est pas à nous qu'il faut demander ça, mais à celui que t'as donné.

– J'ai donné personne. Vous vous trompez.

– Ilyès, le Marseillais ?

– Ilyès ? Putain, c'est pas moi !

– C'est pas toi ? Tu lui diras, parce qu'on donne pas un ami, espèce de chien.

L'Ancien y va de son coup de pompe dans les flancs. Les deux Serbes déroulent une bâche en plastique sur le sol.

– Qu'est-ce que vous faites ? Je vous en supplie, arrêtez, c'est pas moi !

Jeudi 26 juin 2008, 12 h 30
Saint-Denis, sandwicherie le 129

Les clients viennent de toute la région pour manger des sandwichs plus gros que leur estomac. Panini, Hummer, Méga-Cheese ou Triplé, accompagnés de sauces aux noms et saveurs artificiels : algérienne, malienne, japonaise… Le Marseillais et Sofiane passent leur commande et vont s'asseoir près de la vitre. Toujours en planque, de l'autre côté de la rue, Stéphane et Michael les regardent dévorer leur monstrueux sandwich. Plus que jamais, Stéphane est déterminé à tout quitter et à partir avec Hanane. Pour elle, il a plaqué Elvira, pour elle, il veut les plaques du Marseillais et les claquer sur les plages de Miami. Les Kadra viennent de les avertir que trois mecs de l'Est ont levé Hervé et qu'ils l'ont emmené dans une cité de Stains.

Un quart d'heure plus tard, les cousins ont fini de déjeuner et vident leur plateau dans la poubelle mise à disposition. Le Marseillais règle l'addition. Les deux flics reprennent la filature qui, comme prévu, les mène à un bâtiment désaffecté d'une barre de Stains. En bas de la tour, un des trois Serbes accueille les deux cousins. Ils disparaissent dans le bloc de béton.

Stéphane téléphone à ses deux gars.

– Vous êtes où ?

– On est planqués à l'écart. On vous voit.

Il signale sa position par des grands mouvements de bras.

– Bien. Ils sont combien à l'intérieur ?

– Y a les trois malabars, l'Ancien et la victime. Ils sont entrés avec des sacs.

– Ok, attachez Yazid dans votre bagnole et ouvrez-nous le passage.

– Ça marche.

Les frangins sortent l'artillerie lourde du coffre. De leur côté, Stéphane et Michael, accroupis derrière la carcasse d'un véhicule désossé, vérifient leurs armes et leurs munitions. Les hommes de main glissent sur le flanc est du bâtiment, cagoule sur la tête, boule au ventre et P38 au poing, ils se conditionnent. D'un signe de main, Stéphane donne le top départ, les quatre hommes courent vers l'entrée de la tour et se mettent à couvert contre le mur, armés de fusils d'assaut pour défourailler en cas de pépin. Stéphane se décale brièvement pour vérifier que la voie est libre. Personne. Michael et les Kadra se ruent à l'intérieur, flingues braqués, suivis de Stéphane qui ferme la marche. Les quatre hommes, sur le qui-vive, évoluent dans l'obscurité d'un couloir. Au fur et à mesure de l'avancée, des gémissements se précisent. Puis, la voix du Marseillais retentit clairement :

– Ferme ta gueule, je sais ce que j'ai à faire ! Passe-moi un flingue, passe-moi un flingue !

Stéphane donne l'ordre de s'immobiliser.

BANG. Les quatre hommes sursautent. D'autres coups de feu éclatent. Ils reprennent leur progression en rasant les murs.

La voix de l'Ancien vibre :

– Les gars, enveloppez le corps, vite !

Stéphane et Michael comprennent qu'Hervé est mort. Ils entendent beugler :

– Brze, brze !

– Ispred stavi auto, les nosimo !

– Ajmo, ajmo !

– On a pas beaucoup de temps, alors faut y aller.

– Sofiane, dépose-moi quelque part.

– Vas-y…

– Et Hervé ?

Stéphane a le visage trempé sous sa cagoule, il tend son flingue au bruit des pas. L'équipe presse le pas et tombe face à Sofiane.

– Putain, des mecs, putain !

Michael et les Kadra font irruption dans la grande pièce et tiennent en joue les cinq types.

– Personne ne bouge ! À terre ! À terre !

Les fusils à pompe dissuadent les Serbes d'utiliser leurs flingues. Les hommes s'exécutent sans résistance. Les trois molosses respirent fort, immobiles. L'Ancien garde la tête baissée. Stéphane est allé tout droit sur le Marseillais.

– Mains en l'air ! Mains en l'air ! Ferme ta gueule, mains en l'air !

Il sort les pinces.

– Attends on peut s'arranger, on peut s'arranger !

– S'arranger de quoi ? Avance. Avance !

Les chirurgiens sont menottés les uns aux autres. Au sol, le corps d'Hervé est enveloppé dans une housse, le sang encore chaud et foncé continue de couler sur le plastique.

– Alors, comment tu veux t'arranger ?

– Je sais pas, c'est la merde. J'ai de l'oseille.

– Combien ?

– Deux cent mille.

– Deux cent mille ?

Il éclate de rire.

– Tu veux que je fasse quoi avec deux cent mille ?

– C'est tout ce que j'ai.

– Ils sont où ces deux cent mille ?

– Libère-moi et je te les ramène.

– Tu me prends pour un con, le Marseillais, c'est ça ? Tu crois que je sais pas ce que t'as coffré, toutes ces cartes que t'as pétées ? Tu sais ce qui se passe là ? On est quatre et c'est chacun sa part. La prison à perpète, ça se paye, et cher.

Michael et Stéphane attrapent Ilyès par le col et le tirent jusqu'à leur voiture.

– Vous faites quoi ?

– Rien, ferme ta gueule !

– On y va ! On y va ! Go !

Les deux hommes le foutent dans le coffre. L'équipe s'arrache, laissant derrière elle Sofiane, l'Ancien et les Serbes menottés au sol.

L'affaire avait encore une fois pointé du doigt le commissariat de Saint-Denis. Accusés d'avoir profité de leurs fonctions pour se livrer à des rackets et des abus sexuels répétés sur des prostituées, deux gardiens de la paix comparaissent détenus mercredi devant le tribunal correctionnel de Bobigny, et les trois autres agents en liberté sous contrôle judiciaire. Les infractions et abus de pouvoir des policiers avaient été dénoncés début 2004 par deux de leurs équipiers du commissariat de Saint-Denis, dont les confidences avaient poussé la direction départementale de la sécurité publique à saisir l'IGS, la police des polices, qui a pu recueillir les témoignages de prostituées et de travestis. L'enquête a montré que deux des policiers appartenant aux UPP (unités de police de proximité) avaient pris l'habitude de se donner rendez-vous au « king », le parking de la porte de la Chapelle. Selon une source proche de l'enquête, ils préféraient aborder les filles les plus vulnérables, ne parlant pas français et sans papiers. Après avoir chassé le client, ils utilisaient l'infraction de racolage comme un moyen de chantage, menaçant la prostituée de garde à vue, pour obtenir – le plus souvent – une fellation, à l'écart dans les cages d'escalier. L'un des gardiens de la paix aurait parfois menotté des filles. Seuls les deux agents qui comparaissent détenus auraient eu des relations sexuelles avec des prostituées mais soutiennent qu'elles étaient consenties. Les autres nient avoir participé à ce type d'expéditions, et pour certains, réfutent même en avoir eu connaissance. Les cinq policiers, ainsi qu'un sixième, sont également accusés d'avoir régulièrement dépouillé des vendeurs à la sauvette pour financer des soirées arrosées au commissariat. Ils avaient baptisé cette pratique le « singhomoneo », parce que les victimes interpellées étaient souvent d'origine indienne et surnommées « Singh ». Le tribunal se penchera également sur des vols présumés de matériel informatique et vidéo perpétrés à l'occasion de contrôles menés dans des camps de Roumains de la Plaine-Saint-Denis. Cette affaire avait largement contribué, entre autres, à la suspension en septembre 2005 du commissaire Xavier Paldacci. Il lui était reproché de n'avoir pas suffisamment contrôlé ses jeunes recrues. À l'époque, Frédéric Lagache, secrétaire national du syndicat Alliance, avait souligné le « défaut d'encadrement » au commissariat de Saint-Denis, composé de jeunes policiers dont un tiers sont en formation, alors que Saint-Denis est la ville la plus criminogène du département. Le procès devrait se poursuivre jeudi.

Le Figaro avec l'AFP

Jeudi 26 juin 2008, 17 heures
Saint-Denis

Le gris de la Seine-Saint-Denis laisse place à la verdure de Mitry. Les deux voitures s'arrêtent dans une zone industrielle désaffectée en bordure de l'autoroute. Michael entraîne le Marseillais dans un vieil entrepôt de stockage, tandis que Stéphane va chercher Yazid, qui attend dans la bagnole des Kadra.

– Je peux y aller ?

– Tu vas nulle part, tu restes avec nous.

– Mais pourquoi ?

– Ta gueule et bouge ton cul !

L'indic obéit. Stéphane tend une enveloppe à un des frères Kadra.

– Merci, les gars.

– T'as plus besoin de nous, t'es sûr ?

– Non, on va faire le reste. À plus tard.

Stéphane et Michael travaillent le Marseillais mais il ne veut rien lâcher.

– Il est où ton fric ? Tu veux retourner en taule ?

Jusque-là Yazid assistait silencieusement au passage à tabac.

– Vous allez faire quoi ?

– Quoi ? Tu le voulais, tu l'as !

– Moi ? Je n'ai rien voulu, c'est un petit de mon quartier. Je veux rien, moi. Je voulais être artiste. Là, je suis là en train de participer à je sais pas quoi. Sa mère a grandi avec la mienne.

– Ta gueule. Ressaisis-toi. On n'est pas dans *Raï*, t'es pas Nordine ! La vie, c'est pas un film. Tu crois qu'on va le tuer ? On n'est pas au ciné. On va le faire parler, tu vas prendre ton argent, et lui va aller en prison.

C'est tout.

Stéphane balance un gros coup de latte dans l'estomac du Marseillais.

– Sale bâtard, il est où ce fric ?

Le visage gonflé et les affaires souillées de terre, Ilyès soutient avec rage le regard du policier.

– Tu vas nous dire où sont les thunes.

Des coups de pompes viennent rythmer les questions.

– Elles sont où les thunes ? La putain de ta mère, elles sont où ?

Les semelles accrochent la face d'Ilyès, couverte d'hématomes et de sang.

– Bande de bâtards !

Yazid ne supporte plus la scène et détourne le regard. Il chiale dans son coin. Il pense à sa mère, à sa trahison, à ce hangar. Le temps passe, Stéphane s'acharne en vain, le Marseillais lui tient toujours tête. Le flic comprend que ça va prendre du temps. Il se tourne vers son collègue et lui indique qu'il a besoin de lui parler en privé.

– Michael, on va devoir s'organiser. Demain matin, je dois aller voir les types de l'IGS. Après on s'occupe de lui. Ce soir, on n'arrivera pas à le faire parler.

– Ils vont te cuisiner.

– Tu sais très bien que je vais tenir le coup, tu me connais. Ça fait combien d'années qu'on bosse ensemble ?

– Je sais.

– Alors ne doute pas, on y est. Il va nous lâcher sa planque et on va se barrer d'ici !

– J'en ai marre de cette vie de merde. Pister les mecs, les faire cracher et toujours se débrouiller. Je veux plus de cette vie, Stéphane.

– J'y vais.

– Mais écoute-moi au moins…

– Michael, ne craque pas, c'est pas le moment, on est à deux doigts d'y arriver.

– J'ai rien à perdre. Je t'ai toujours suivi, mais je veux pas me retrouver dans la merde.

– Tu as ma parole là-dessus. L'IGS c'est juste une formalité pour l'affaire Tressier.

– Stéphane, je ne te le dirai pas deux fois, ne m'encule pas… Conseil d'ami, on ne m'encule pas.

– Je t'ai déjà fait quelque chose de travers ? Ça veut dire quoi ça ? Reprends-toi bonhomme, et arrête de me sortir des trucs comme ça.

Le téléphone de Stéphane vibre dans sa poche :

OÙ ES-TU BÉBÉ ? JE SUIS SEULE
CHEZ TOI. JE ME SENS PAS
BIEN SANS TOI. HANANE.

– Putain, il manquait plus que ça. Écoute Michael, je rentre chez moi. Je reviens après l'IGS et on va le faire parler. Occupe-toi de lui jusqu'à demain matin.

***

Elvira a passé la nuit à faire couler une rivière d'encre. La lettre est sur la table basse. Les mots et les douleurs d'une vie sans couleur. Elle dénigre Michael, encense Stéphane. L'un n'est que son larbin, l'autre son prince. Elle est en plein désespoir. Elle revoit sa mère dans son cercueil ce mois d'août 1993, sa famille effondrée autour de sa dernière demeure. Elvira ne vit plus, elle souffre, elle ne dit plus, elle souffle. La jeune femme se rend dans la salle de bains et ouvre le meuble à médocs. Elle y prend le Rohypnol. Son pouce décapsule nerveusement la boîte. Elle envoie un texto à Michael puis vide le tube. Elle avale plusieurs gorgées d'eau pour faire passer les cachets. Rapidement prise de vertiges, Elvira titube et s'effondre sur le carrelage. Son crâne heurte le sol, son sang se répand lentement.

***

JE VAIS ME FOUTRE EN L'AIR.

Michael, qui était en train de se passer les nerfs sur le Marseillais, vient de recevoir ce message d'Elvira. La panique l'envahit.

– Putain de merde !

Ilyès fait les frais de cette montée d'adrénaline et encaisse une dernière frappe rageuse.

– Je dois régler un truc, tu ne bouges pas d'ici !

Il attache Yazid à un poteau, à quelques mètres du Marseillais.

– Mais tu crois que je vais me sauver ? Tu fais quoi ?

Michael part sans se retourner. Ilyès crache un mélange de salive et de sang.

– Ta mère la pute, Yazid.

– T'es un ouf de me dire ça. Elle est morte ma mère, ce que je t'ai dit c'est vrai. Ilyès, ils m'ont forcé à le faire. Si je l'ai fait, c'est parce que je suis dégoûté. Je t'ai toujours envié. Je voulais être quelqu'un et regarde…

– Ta gueule, sale bâtard ! Tu crois qu'on est dans une télé-réalité. Je m'en bats les steaks, t'as aucun respect, t'es un schlague.

– Ta gueule !

Yazid chiale comme un gosse.

Michael bombarde. Les minutes passent et la vie d'Elvira s'échappe. Il arrache le bitume de la rue Marx-Dormoy. Il arrive devant chez elle, le caoutchouc des pneus marque la route quand il freine. Il fonce jusqu'à l'appartement et martèle furieusement la porte.

– Elvira ! Elvira !

Les lumières du couloir s'allument et les voisins sortent pour voir d'où vient le boucan. Il défonce le verrou à coups de pied et découvre le corps d'Elvira gisant dans une flaque de sang. Il se jette sur elle et tâte son pouls, qu'il trouve difficilement.

– Samu, j'écoute.

– C'est pour une urgence, rue Marx-Dormoy, au 18 !

Assis près de la jeune femme inanimée, Michael est abattu. Il a tenté de la réanimer, elle a eu des vomissements.

– Pourquoi Elvira ? Je t'aime. T'avais pas le droit de me faire ça.

L'équipe du Samu débarque. Le médecin prend le pouls d'Elvira tandis que l'infirmier sort masque et tensiomètre. Il enfile des gants et examine la plaie. L'ambulancier l'aide à placer la jeune femme sur le brancard et ils la transportent jusqu'à leur véhicule. Michael vomit, le liquide sort de son nez et irrite sa gorge. Il s'essuie le visage et la bouche avec le bras, et enfourche sa moto sous les yeux des voisins et de la gardienne de l'immeuble. L'ambulance force le passage dans les bouchons matinaux de Paris et s'engage dans la rue de Maubeuge. Aux urgences de l'hôpital Lariboisière, le personnel du service de réanimation les attend. Michael descend de sa bécane et se précipite vers le médecin. L'homme fait non de la tête.

– Elle est morte, on n'a rien pu faire.

Michael s'écroule. La colère monte, prend le dessus sur la tristesse. La rage contre le geste d'Elvira, contre les raisons de sa mort, contre Stéphane. Des visions prennent corps dans son esprit. Sa haine s'embrase. Il remonte sur sa Yamaha. Il crie dans son casque.

– Stéphane, c'est à cause de toi qu'elle est morte. C'est à cause de toi, bâtard, que je l'ai rencontrée. Cette fille que j'aime et qui… qui est morte. Je vais te fumer… Sale fils de pute… Tu vas comprendre ce que c'est que la mort… T'as détruit ma vie… Des années à te couvrir, à te soutenir… Et regarde ce que t'as fait !

Vendredi 27 juin, 10 h 03
Paris

Au volant d'une voiture banalisée, Stéphane Kabiri circule entre la place des Saussaies et la rue de Penthièvre. Il vient de sortir des bureaux de l'IGS.

La mort chevauche une Yamaha XJR 1200 noire. Même fatiguée et folle de rage, la faucheuse ne rate jamais ses rendez-vous. Elle glisse lentement vers l'inspecteur et s'arrête à son niveau.

Il a senti une présence. Les regards se croisent. Des frissons, une envie de se pisser dessus, la peur tétanise Stéphane : il a compris que son heure a sonné, et que le 11.43 qui le braque va lui cracher à la gueule des mollards plombés. Dans ses yeux ténébreux, le diaporama de sa vie défile : le bac à sable, le divorce de ses parents, la mort de ses frères, ses victimes, ses indics, son commissariat, les blocs de Saint-Denis, Hanane. Cinq balles perforent sa tête. Avant que le sang éclabousse son intérieur cuir, il entend une dernière fois le souffle de celle qu'il aime tant, celle qu'il pensait rejoindre à temps. Sa vie s'arrête au volant de sa berline Renault, tandis qu'à la radio une chanson tourne :

Te raconter enfin qu'il faut aimer la vie / Et l'aimer même si le temps est assassin / Et emporte avec lui les rires des enfants / Et les mistrals gagnants / Et les mistrals gagnants...

Vendredi 27 juin 2008, 10 h 45
Mitry, zone industrielle désaffectée

– Putain, mais il est où ?

– Ferme ta gueule, sale fils de pute.

J'envoie un mollard plein de sang à la face de ce bâtard de Yazid. J'ai trop la rage, je suis impuissant, attaché avec ces pinces. Putain, j'ai fumé Hervé et je sais même pas comment je vais finir. J'aurais dû écouter Khaled.

– Regarde le zèbre, il s'approche, téma, téma.

– Ta gueule putain, nique ta mère avec tes zèbres.

Yazid a l'air d'avoir pété un câble, il délire complètement. J'ai mal partout. J'ai même de la poussière dans la bouche. Pourquoi j'ai voulu faire ça ? Pourquoi j'ai flingué cet enculé ? Jusqu'au bout il m'aura mis dans la merde. J'arrive pas à me calmer. J'ai du mal à respirer.

Yazid a arrêté de pleurer.

– Hé le Marseillais, dis-leur où t'as mis les thunes. On va se barrer d'ici.

– Tu crois quoi ? Qu'ils vont rien te faire ?

Je donne ma planque ? Mais c'est le boulot de toute ma vie. Leur laisser le fruit de mon travail ? Je préférerais mourir… mais pas comme ça, pas dans cet entrepôt. Je ne sais plus quoi penser. Je commence à avoir des vertiges. Je vois flou, et la voix de Yazid qui ne raconte que de la merde est de plus en plus lointaine. Je perds connaissance.

Je suis réveillé par le bruit d'un pot d'échappement. Il est revenu. La grande porte s'ouvre, il est tout seul. Il retire son casque, son visage est gonflé, ses yeux rouges. Il est complètement défoncé.

– Je l'ai buté ce bâtard. Je l'ai buté… Putain de sa mère ! Elle est morte ! Je lui avais dit qu'on ne m'enculait pas !

Il chiale, il rigole, il a vraiment pété les plombs. Il s'approche de nous.

– À genoux !

Mon cœur s'emballe, ma cage thoracique va exploser. Il enlève les menottes à Yazid. Je ne dis rien, j'ai la gorge nouée, c'est comme si on m'avait fait un nœud. Je ne partirai pas d'ici vivant. Sur ma gauche, Yazid se dégourdit les poignets et, quand il voit Michael s'approcher de moi, il se jette sur lui.

– Lui fais rien ! Lui fais rien !

Michael le gifle et lui tire une balle dans l'épaule. Yazid s'effondre en hurlant. Il va nous buter, je suis foutu. Il me regarde dans les yeux et me sert un sourire de crapule. Il pointe son gun vers moi. Je suis bloqué. Je pense à ma mère, au claquement des balles, à Hervé qui me supplie. Je suis à sa place. Je vais finir comme lui.

– Je vais te dire où se trouve la planque.

– La planque ? Ta planque, je m'en bats les couilles.

– Je te jure, je vais tout te donner…

– Ta gueule ! Elle est morte et j'en ai rien à foutre de ton fric, espèce de merde. Elle a foutu ma vie en l'air… Tu comprends ?

Il sort une clé de sa poche et la jette devant moi.

– Enlève tes bracelets.

Je ramasse la clé mais je tremble trop et je n'arrive pas à ouvrir les menottes.

– Plus vite !

Je sens le métal froid qui se colle contre mon front. Ça y est je suis mort. Son regard se vide, l'arme se détache de mon crâne, son bras se plie, il enfonce le canon du flingue dans sa bouche.

BANG.

Son sang gicle partout.

– Naaaaaaaan !

Yazid est prostré sur le sol.

Je reste immobile quelques secondes. Le poids qui m'écrasait l'estomac se dissipe, je respire. Il n'y a plus de bruit dans le grand hangar. D'un coup, je me lève et me précipite jusqu'à la porte. J'ai mal aux côtes et pourtant je cours de toutes mes forces sur le bord de la route. Un camion arrive, je me mets en travers de la voie et fais des grands signes. Le poids lourd freine bruyamment. Le chauffeur descend, paniqué.

– Ça va pas ?

– Monsieur, faut que je téléphone ! Vite !

– Qu'est-ce qui se passe ?

– Des types m'ont agressé, ils m'ont tout pris.

– Vous voulez que je vous amène à l'hôpital ?

– Nan, j'ai juste besoin de passer un coup de fil. Vous pouvez me déposer à la gare ?

Il me laisse monter et me prête son portable. J'appelle Khaled. Je lui donne rendez-vous à la gare de Mitry.

– Qu'est-ce qui vous est arrivé ?

– Des mecs m'ont volé ma voiture, tout ce que j'avais et m'ont tabassé.

– Putain, mais dans quel monde on vit. Je laisse toujours le camion ouvert, avec les manouches et tout, c'est le bordel !

Le type me laisse à la gare. Je gerbe le Hummer du 129. Je me mouche, je garde un goût acide dans la gorge et dans le nez. Malgré les douleurs et les courbatures, je cours me cacher derrière un Abribus. Khaled arrive vingt minutes plus tard. Cette fois, j'ai réussi à m'échapper, je suis libre et vivant, mais pour combien de temps ?

Khaled me conduit à Clichy-la-Garenne, où de nombreuses agences proposent des trajets entre la France et le Maroc. J'ai décidé de quitter la Cefran en car, c'est plus discret.

– Je te remercie.

– Tiens, du cash. Mais fais attention à toi. T'es infernal. Regarde dans quoi tu t'es retrouvé… Barre-toi et reste tranquille.

– T'inquiète.

– Je vais prévenir ton frère, il te rejoindra au café juste là.

– Dis-lui qu'il prenne mes papiers et de quoi me changer.

– Je fonce, fais bellek !

Je claque la portière et téma partout s'il y a des flics. Je veux quitter le pays au plus vite, difficile de passer inaperçu avec la tronche d'Elephant Man. Comme prévu, mon frère se ramène quelques heures plus tard avec du cash, des sapes et surtout mon passeport.

– Y a des keufs partout à la cité.

– Et maman ?

– Ça va, elle s'inquiète mais ça va aller.

– Dès que je suis au bled, je t'appelle.

– Au revoir Ilyès…

– Au revoir refré.

Je le serre dans mes bras avant d'entrer dans l'agence de voyages.

– Salam aleykoum.

– Aleykoum salam.

– Ken départ lyom fem Mrilbe ?

– Yeah.

– Schral lblaça ?
– Mia euros.
– Endik bagages.
– La, maendich bagages bzef.
– Wara.
Je dépose un billet de cent euros, le mec me scanne.
– Ak a sidi.
– Aji enaf sta on charge et le car part à vingt heures.
– Choukran sidi.
– La choukran.
Je fais un passage rapide chez le coiffeur juste à côté de l'agence, pour me colorer les cheveux façon Eminem. J'ai la gueule d'un boxeur poids lourd après dix rounds. Avec ma teinture et mes lunettes de soleil, je suis méconnaissable.

À la fenêtre du car je m'endors à moitié, le regard perdu sur la route qui m'emmène au Maroc. Je pense à ces instants de folie. J'ai carotté la mort. Je rumine les violentes images de ces dernières heures. L'argent et la ruse, c'est mon truc. J'ai gagné un gros paquet de pognon et bâti une réputation. Je n'ai jamais été aussi proche de l'impasse que ces derniers mois. Saint-Denis, sa mère ! Alors que le car roule sur le périphérique, je me souviens du regard de ma mère. Je ne peux plus penser à la peine que je lui fais. Derrière tout ça, il y a surtout une envie de prendre une revanche sur la vie. Et Yazid, que va-t-il devenir ? Et qu'est-ce qui s'est passé pour que l'autre se tue devant moi ? Mon cousin, l'Ancien ? Je continue à me poser mille et une questions mais je garde le regard d'Hervé en tête. J'ai fumé un mec. Nous descendons maintenant l'autoroute du soleil et je me demande quand je reviendrai. Est-ce que je vais m'arrêter ? Au fond de moi je savais que je recommencerai, et que ce genre d'issue, j'y serai encore confronté… Car l'argent m'obsède, c'est une autre forme d'enfermement. Le refrain de Zulu Boy vibre dans ma mémoire : *T'as fait du gen-ar, mais tu t'es fait péter / Ta liberté s'est écroulée / Écroué dans ta cellule, il te reste que tes couilles pour résister, ou tes yeux pour pleurer.*

La macabre liste s'est allongée. Certains rendez-vous sont imprévisibles, en particulier ceux avec la vie, l'amour et la mort. Hanane a appris la mort de son mec par la police des polices, qui a perquisitionné le domicile du flic. Elle ne foulera jamais le sable des plages de Miami. Elle a gardé l'album-photo. Le corps de Michael a été découvert par des squatteurs. Yazid a été hospitalisé en psychiatrie et entendu par l'IGS. Il a tout bavé. Il a perdu l'usage de sa main et ne pourra plus inscrire sur les murs qu'il nique la police. Le corps d'Elvira a été rapatrié en Algérie, près de celui de sa mère. L'Ancien, Sofiane et les trois Serbes ont été condamnés à dix ans de prison pour homicide volontaire avec préméditation et association de malfaiteurs. Ils ont rejoint Taureau et Zulu Boy à Villepinte. Ils partageront ensemble les fameux gâteaux du Muet, qui continuera de gémir comme un phoque les premiers samedis du mois.

Épilogue

Vendredi 27 juin 2008, 12 h 05
Bobigny

La famille de Mounir s'est réunie autour de sa dernière demeure pour lui rendre hommage : un an que son corps est sous terre, un an que sa mère pleure son fils, un an que ses cousins l'ont lynché. Ses parents, ses oncles mais aussi ses zincs sont là pour soutenir la famille. Sa mère se roule encore par terre de douleur, ses sœurs la soutiennent et l'aident à se relever.

– Arlache ! Arlache !

– Dieu l'a voulu. C'est le mektoub.

La tête couverte d'un voile et recroquevillée sur le marbre, ses larmes tombent sur la pierre tombale grise. Son mari récite des versets du Coran, sa voix grave résonne parmi les cris, des gouttes coulent sur ses joues mais il reste de pierre. Au milieu de la dizaine de personnes présentes, les frères Bensama assistent à la cérémonie debout et impassibles. Les assassins ne montrent pas le moindre signe de regret devant la scène tragique. Saïd s'approche lentement de son oncle qui vient de terminer sa prière et lui pose doucement la main sur l'épaule.

– C’est le mektoub, Khalid.

– Même si ça fait un an, j’ai mal. Il a été torturé. Il a souffert…

Son neveu le toise avec un regard noir et froid.

– On va retrouver son meurtrier. Même si ça doit mettre des années, on va le venger.

Le père de Mounir relève la tête.

– Je ne veux pas de vengeance ni de sang ! Je suis venu en France en 1960 pour travailler, et pas pour vivre tout ça. Arlache ? Arlache ? Arlache !

Saïd embrasse son oncle, le vieil homme lui agrippe le bras. Il ne craque pas, reste fort, mais une partie de lui est définitivement morte et enterrée. Des années de sacrifice pour voir mourir son fils.

Mounir a vendu de la drogue pour offrir une baraque au bled à ses parents. Il a vendu ses potes et même sa famille pour s’offrir la drogue des flics, et ses cousins l’ont assassiné pour s’offrir la paix.

Sa femme Christelle, son fils blotti dans les bras, pleure elle aussi. Elle connaît la vérité sur la mort de son mari mais sait ce que Saïd et ses frères sont prêts à lui faire endurer, si elle parlait. Elle a pris de la poudre avant de venir pour supporter leur présence dans le carré du cimetière musulman. C’est le mektoub, lui répète-t-on en boucle. La foule se dirige vers la sortie et les membres de la famille regagnent leur véhicule.

– Allô, Saïd.

– Allô ?

– Ouais, c’est Cédric. Stéphane est mort !

– Quoi ?

– Il s’est fait buter à Beauvau. Et son collègue a disparu.

– Allah Uakbar.

Saïd raccroche. Kader démarre le 4 × 4, et Lakdhar, sur le siège passager, se retourne.

– Qu'est-ce qu'il se passe rhoya ?

– Je t'avais dit qu'il payerait. Éric et Cédric sont des bons, avec eux au commissariat, on aura toujours une longueur d'avance. En tout cas, Kabiri s'est fait fumer au pied de son ministère. Tu vois qu'il y a un Dieu. Allah Uakbar !

– Et Christelle, tu penses qu'elle va ouvrir sa gueule ?

– Si elle l'ouvre, je la tue, et son gosse aussi. Elle le sait. La tête de ma mère, je la fume !

– Saïd, on va pas tuer tout le monde.

– Quoi ?

– Sérigné, Moussa, et aujourd'hui Mounir… Demain on va s'entre-tuer ? Et maman sera sur notre tombe ? C'est ça ? Notre propre cousin ! Le fils de Saloua !

– Qu'est-ce qu'il t'arrive Lakdhar, reprends-toi !

– On a partagé le couscous gamin, ça te fait rien. Mais comment tu peux être comme ça ?

– Regarde-moi bien, car dans tout ce que je fais y a rien de personnel. Tu pleures pourquoi ? Parce que ton cousin est mort ? Ton cousin, c'était une donneuse ! Une putain de donneuse ! Je t'ai écouté, on l'a vengé, mais ne reviens pas sur sa mort. Allah ya rhma.

Lakdhar acquiesce en silence.

Il est midi et demi, c'est l'heure de l'appel à la prière, Allah Uakbar.

Bande-son
Les anges s'habillent en caillera

Renaud, *Où c'est qu'j'ai mis mon flingue ?*
Ali, *Préviens les autres*
Téléphone, *Le jour s'est levé*
Oxmo Puccino, *Peu de gens le savent (Interlude)*
Léo Ferré, *Avec le temps*
NTM, *Laisse pas traîner ton fils*
113, *Jackpotes 2000*
Fatale Clique, *L'Odyssée du ghetto*
50 Cent, *In Da Club*
Renaud, *Le Mistral gagnant*
France Gall, *Évidemment*
Jay Z, *Song Cry*
Mc Tyer, *93 tu peux pas test*
Catherine Lara, *Nuit magique*
Rocca, *Le Hip-hop mon royaume*
Keith Sweat, *Nobody*
Kery James, *Deux Issues*
50 Cent, *Gunz come out*
Mafia K1 Fry, *Balance*
Mc Tyer, *Ce que ma mère me disait*
Mac Band feat. The Mc Campbell Brothers, *Roses Are Red*
Daniel Balavoine, *Qu'est-ce qui pourrait sauver l'amour ?*
Oxmo Puccino, *365 Jours*
Prince, *Purple Rain*

www.lesangesshabillentencaillera.fr

Remerciements

Au Marseillais actuellement incarcéré et qui m'a permis de construire autour de son histoire et qui a contribué à ce livre et cet univers.

À mes parents, mes frères et ma famille (Houria la vraie boss de famille ! Sorine et Yanis).

Une pensée à ceux qui nous ont quittés mais qui restent dans mon cœur : Hicham Santaki, Mohamed El Azzabi, Adil Arraoui, Mes grands-parents, Illis Korea, Mimi alias Djazair Seddik.

À tous ceux qui ont participé à l'univers du livre : Le Marseillais, Moisson Rouge, Oxmo Puccino (on avait rendez-vous et le temps est passé depuis l'époque d'hiphop.fr, merci d'avoir participé à l'histoire de ce livre), Domy prod (Stéphane, Tony, Matthieu, merci les gars pour votre implication et votre professionnalisme), Kalel Ketfi (merci pour tout), Karim Bezou (Rachid Santaki !), Gregory Choplin (t'es là depuis *La Petite Cité*, le premier à lire et à soutenir merci mon pote), Fabrice (ENH), Koria, Romain, Adama le maire de Saint-Denis, Élias (j'espère que tu iras loin, fais attention à toi), Karim Kadri, Ridwan (merci à CGR de nous avoir mis sur le même chemin), Slimane Chemaoui (opérationnel, ta présence aura été importante), Swen de Meaux (le monde est petit), Olivia (la première scène et le premier tournage), Greg Frites alias Black Boul (de hiphop.fr à cette collaboration, tout est écrit), Widad (qui a inspiré l'un de mes personnages « … »), Elvira, Yanis Tchoukchouka, Siham Touil, Berthet One (tu m'as rendu ouf avec les épisodes mais cette rencontre : waow ! Je te souhaite de réussir, t'as tout pour) et son manager Jamel, à Linda qui a lu et donné avec justesse son avis et qui a assisté à la naissance et aux premiers pas des « anges », Julie qui a joué le jeu de la victime et mon collègue Redouane Bouchane, Amel, Michel (merci pour la couverture).

Mustapha Benk, Adé, Elvira (merci pour l'inspiration lol), Samia Tamimount, Adil Jazouli (merci pour tout), Laurence Tanabal, Nilza, Sandra, Sylvère Géniaux, Patricia Ahutoru, Barbara, Marie-Claude, Jean Munoz et sa famille, Monsieur Florentin, Monsieur Masurel, Madame Brévan, Thierry Grone, famille Boudada, (Siheme et Frappée Framboise), Khadija Boulapunk, Farid Ait Daoua (excuse-moi d'avoir été absent), Touria, Dany Bill, Scalp (La Courneuve), la cité Moulin-Neuf de Stains : Mohamed Panda, Olivier, Mohamed, Cheick Kongo, Joakim, Soulaymane M'baye, Houssine (Le vallois), JR (entraîneur de Levallois), José.

Georges Makowski, Gwenael Bourdon (qui est la première journaliste à m'avoir suivi), Regards (La Courneuve), JSD, *Seine-Saint-Denis Magazine*, La pépinière de Saint-Denis, Le Tingis, La Cannelle, le McDo de France (mon premier bureau, véridique !).

Famille Santaki : Latifa, Naima, Malika, Abdeharim, Moulay, Mina et ses enfants, Abdellah, Malika, Fatim Zohra, Sarah, Ayoub et surtout Majda ma petite sœur (c'est pire que Dallas chez nous), Khaldi (Rachid, Mohamed, Khadija, Karima, Myriam, Lina, Latifa et les beaux-parents), Amrane, Choplin, Touil, Si Mohamed, Krolski (Véronique, Marie, les parents, Caroline la fille de Mehdi), Arraoui (Malika et Abdellah ainsi que les enfants), Tamimount (le silence n'est pas un oubli), Azzabi (gravé dans mon cœur, et tellement présent quand j'étais en galère, l'époque des frites LIDL !), Kamel (je te dois beaucoup, t'as été là quand j'ai dû traverser les périodes de doutes, t'as cru en moi, je t'aime Kamel Amrane. Merci à toi), Gregory Choplin (tu peux arrêter de dire que je suis pire que toi, car t'es pire que moi et tu te rassures en te disant c'est l'histoire d'un mec qui se dit jusqu'ici… Merci pour tout mon pote), Linda Larrouy (depuis le collège rien n'a changé, une personne que peu de gens ont compris, que j'ai retrouvée et qui m'a épaulé mais t'aurais pu me défendre quand Laetitia m'a cassé la gueule !! Une pensée pour Christopher), Balkis (depuis quand les petites sœurs font de la thérapie ?), Siham Touil (la plume du futur : waow !), Khadija la vraie (Boulapunk !), Faten (aka j'aime pas les Twingo), Flo (JCVD comme dirait Kamel), Roger Choplin (1998, une date à retenir), Laurent (Saint-Rémy), Swen (93 MC), Hary (boxe thai), Madjid (cousin à Omar), FLP, Linda Ansel, Bizon, Indeez Éditions (Cécile et Jean-Marc), Adnen et la famille Bouachir (toute ta vie tu vas ?), Jean Paul Bel « Mondor », Bzit (merci pour tout, nos chemins se sont croisés, se recroiseront peut-être, ne lâche pas ce que t'as dans les mains et délaisse ta chicha), Hassib, Charles Eloidin (l'un des derniers rescapés de Beat Street 1984), Tatiana Bayna, Yasmine Akra, Souria Bouadla, Baouz de la Fnac (merci !!), Boto, Karl Fnac des Halles (de 2002 à 2010, toujours OP), Nicolas, Mewin (les discussions du samedi matin à la Fnac), Alex, Éric, Hatman, Marc, Samira Chaboune, Fred Klock, Varouny Kanalhikam (les bouclages à 3 heures du matin sur du Michael Jackson, une époque de fou avec ta tête de folle), Jamila Aridj (les plans Chicken et les yeux magiques), Felix Houetinou (on a essayé, ça n'a pas fonctionné. Mais merci pour tout), Fabrice Allouche, Charlotte Rovai, Fawzi Meniri, Sayd Atman, Raphal, Aurélie Lumon (Octodon et Cie), Chloé, Mc Tyer, Sayd des Mureaux (Rocma connexion), Grégoire Briançon, Stan Ramsay Levy, Karim Thiam, Ouarif, Princess Anies (*C'était écrit,* merci), Salif, Dj Abdel, Kamel Lamriq (tu sais tout le bien que je pense de toi), Hanane Khadiri, Issam, Phoks, Aketo (merci pour ton aide, et d'avoir connu le vol de chaussette), Tunisiano, Fifou, Ali (Ex-Lunatic), Gallegos, Rost., Thomas Fédérici, Anne Sarah Zaidi, Shaddai, Northé et tous les jeunes de la rue Jollois, Rachid RMB Boxing., Sarah Felfel Zina, Saara Kyle, Jessica Campina, Marine Bouron, Marc (Derrière Les Planches), Zouzou Salhi, Marie Geniès, Ouafa Mamèche, Elisabeth Gomis, Carine Lavignette, Laurence Biermé, Florent Boix, Fred Musa, Lahcen Lahkdar, Fatale clique (Asta, Baretta, Stany), Daoud La Distrib.

La famille Wrung : Éric (mon pote qui m'a soutenu !), Romain (qui m'a habillé, la doudoune sans manches), Saer (neuf trois papa), Raffi (fini les palettes de *5Styles*), Yohan (la roue !), Soper (Rael ?), Bruno (Farid… heu Karim), Creez, Katie, Le sosie à Jambon, Toto allias Thomas.

L'équipe de Générations FM : Bruno, François Laforesterie, Mahassine, Aurélie Lumon, Pascal Cefran, DJ Bronco.

Derek boxing et tous ses membres. Lahcene Brigui, Bruno, Dj Emir, Dj Nono (mon pote de 6 heures du mat), Youssef, Samir (mon pti zincou), Driss (stagiaire mytho), Hakim et son frère Hassan (aïe aïe aïe les photos au Brésil), Léon (Le goût !), Tony (5 485 abdos, 5 486 abdos, 5 487 abdos…), Abdel, Claude, Karim Bezou (Rachid Santaki !), Salman, Lionel, Franck (Barbecue), Merzoug et son papa, Totof, Raouf, Sabrina (Nak Muay), Youssef, Fabien, Ismael, Kader, Fatah, Abdou, Jeremy Ouidir (jeune fou), Christian, Alex, Fabrice, Steve, Bagdad, pti Bruno et tous les autres membres du club…

Le ring courneuvien Ahmed Kerrar (merci pour tout Ahmed, un grand monsieur), Khaled (Koh Samui eish !), Raph, Irvin (Premier sur le rap) et tous les boxeurs fidèles à l'éthique de ce club. Sofiane et Mehdi Emali, Petit Sofiane Allah ya rhma.

Les gens de La Courneuve que j'ai rencontrés pendant ces dix années, de Saint-Ouen, Saint-Denis, Stains et Levallois.

Karima Ferguenis et sa famille, Mohamed Fouki, Mohamed Baklouti (stop C'est Stop), Michael Dracius (mon pote de la funk), Rafik, Hakim Amri, Houssine Chaouch, les anciens du Globe, Nasser Seddik, Adama le maire de Saint-Denis, Farida T, Karim Zef, Cités Allende, DDF, SFC, Gabriel-Péri. Les jumeaux, Fred le docteur, Jambon, Sam Berrandou, Lakhdar, Abasse (Louise Michel, purée !) Nassera alias Djoura, Bill, David, Mamadou de Jolliot-Curie et tous ceux que je connais de près ou de loin. Marko 93, Naima (Pépinière d'entreprise de Saint-Denis), Didier Paillard, Patrick Braouzec, Florence Haye, Sam Berrandou, Ismael, Kader, Sora Yara.

Les gens d'Épinay : Camal Azzakour, Brahim Sellami, Rizlaine, Yasmina, Karim Rassaa, Mehdi Ellayani, Samir et toute la famille.

Stéphane Ackerman, Smir, Moussa, Mamadou Sourabie, Dj White Lock, Redouane Bouchane, familles Boussouira, Ahcen Titi, Malika Guesbi, Benjamin et Stéphanie Cuq, Bruno Genillé, Michael Cirou, Georges Sellincourt, Mohamed Said, Samir Lekhal, Famille Habert, Fournier, Ingrid Koussman, Roxane Vallois, Jean-Claude Guia, Cidalia, Tassadite, Laetitia (tu m'as cassé la gueule normal !), Coco (Pleyel), Larbi, Mamadou Magassoumba, Canour, Hicham Lamatti et son pti frère Kamel, Farid Mouazi, Arnaud Rush, Marcellin, Madjid Boouakazi, famille Idardar, Sabrina, Pascal Darreau, Évelyne Lepetit, Sonia et Farid Elouardi, famille Abrikh, Jean-Luc, Paulette Fost (vous avez acheté la petite cité !).

Ressources Urbaines, Rwan, Laurence, Hager et Safia Lebdi.

Aude Guerin, Saida El Kadiri et Samir, Kalsoum Loulou, Mlle Laila, Julie Auroux, Marbouha Boubou, Slwa, Marwa, Sabrina Zone Rurale, Latifa Ibrahimi, Soraya Khelassi, Amel Et Samira Ziki Aicha Trabelsi Tagada, Marine Desmoucron, Vanessa Benabdallah, Marie-Céline, Stéphanie Zina Pironneau, Karine Soulat, Chichi Chichiteuze ! Chacha, Myriam Dahnane, Lucie Gervais, Audrey Meynlé, Juliette Maria, Soraya Tamourt, Julia Suny, Nadia Ben Abed, Sonia Amrane, Sarah Bouzeboudj, Sabrine Sab, Prince Ali Chocobon, Belkacem Hakima, Fatiha Tajine Poulet, Samir Britel, Habibé Sanders, Caroline Simon, Marco Durden, Marie Blazy, Fred Lustig, Siam Bacetti, Djaidani Zohra, Hartin Vango, Khadija Sayem, Johar Rekik, Sonia Mam So, Chérazade La Che, Amel Chnioula, Shinwa de Nantes, Shouli, Malika Christou, Salwa H, Adil Oumadi, Marine Peirera, Samira Doudou, Édith Bureau, Marie Blazy, Baba Common, Élodie Diaz, Iman Touirs, Tom Zino, Daliiiila Assiafi, Sofia Hanna Amir, Maud Deschamps, Stéphanie Cabrone, Latika, Sonia Amrane, Lynda Oun, Sofia Brzi, Leslie Delame, Amina Djouab, Meriem Amzert, Anissa Ouraghi, Sheyma Cha, Camila, Nathalie Chevalier, Claudio Calabrese Alias Pada' Tha One, Sarah, Souhila, Amel Chaif, Sonia Taninah, Yacine Yaya, Jamal El Marghadi, Halima Anelkapénible, Mourad Marouane, Susana Dias, Lotfi Dehissy, Aymen Jebari, Bilitis, Adila Ben, Carlos Silva, Zineb « Zzzzzzizzzzzzz »,

Iman Nabi, Sami Scofield, Nico Demo, Djaidani Zohra, Virginie Courtois, Nadir Samouk, Charlène Calderaro, Siriane Guerazem, John Kemayi, Cybille Rocker-Phaeton, Arthur Cherblanc, Kaïs Et Laïla Rguig, Dalila Assiafi, Dorìnee Carreira-Officiel, Sabrina Amria, Yasmina Pouteau, Naouale Elmahi, Salman Kaïssarov, Karim Fares, Jalila Leveque, Omar Attia, Anne-Sophie Lo Bello, Ibou Nadia, Sisi Carter, Laura Voltz, Marianne Faure, SoSo Jeséplu, Diana Danette, Samira Doudou, Édith Bureau, Rizk Rania, Murat Can Kaykil, Sarah Felfel Zina.

À ma maison d'édition Moisson Rouge : Hector, Guillaume et Cyril.

À mes frangins du bled : Abdel Hafid Zoubiri, Mustapha, Saïd du stand de fruits secs, Ahmed.

Mehdi (merci pour tout frérot), Thibault, Brice et toute l'équipe de Muay Thaï TV, Rachid RMB Boxing.

Et tous ceux que j'ai pu oublier, excusez-moi.

Le Marseillais remercie

Kamel le boxeur qui m'a toujours conseillé comme un grand frère, mes frères et sœurs Elias, Zohra et Sarah sans oublier ma mère que j'aime. Kamel, Jaheim et Jayden Boulbif de fourcarre, Idis, Duipe, Zoulou, P4, Cruchot, Man Fly, Smigli mes gars sur, Taureau, Nabil de Colombes, Moustapha le bilkus sans oublier monsieur Santaki, sans lui et sa plume rien ne serait possible et tous ceux que j'ai oubliés.

Table

Quatrième partie

À paraître aux éditions Moisson rouge en mars 2012
Découvrez le prologue du nouveau roman de

Rachid Santaki

DES CHIFFRES ET DES LITRES

Moisson rouge

Prologue

Automne 1997
Plaine Saint-Denis

Le dernier grand chantier du siècle s'achève. Après les États-Unis, la France recevra sa première Coupe du Monde de football. La seizième organisée par la FIFA. L'État finance la construction du Stade de France ainsi que la rénovation de neuf autres stades. Des milliers d'ouvriers casqués et des dizaines de grues télescopiques articulées montent l'immense toiture du stade. Les entreprises de BTP ont établi en un temps record les aménagements techniques, la pose du toit et l'installation des tribunes. Le secteur nord de Saint-Denis est métamorphosé.

Dans les grands ensembles du centre-ville, certains habitants se lèvent pour travailler, d'autres pour étudier. Houssine, lui, va compter ses kilos de cannabis. Mat de peau, les yeux clairs, vêtu d'un polo Lacoste, d'un 501 et d'une paire de Nike Air, il prend les commandes de sa belle caisse, met le contact, écrase la pédale d'accélérateur. Il coupe par le centre-ville, borde les quais de Seine à toute vitesse. La voix de la chanteuse afro-américaine Carmen réveille le sourire du kiffeur de funk. Il chante avec elle :

It's time to move,
Time to get loose,
Anywhere you are,
It's time to groove,
Me and you,
Up down on the floor

Houssine dépasse la zone des grands travaux, trace sur l'autoroute assaillie par les graffitis chromés, le bruit des klaxons et les odeurs d'échappements. La séance de karaoké s'achève aux abords d'une adorable résidence du Val-d'Oise. Le téléphone sonne, Houssine ouvre son Startac.

– Mais il est vraiment relou, le vieux ! Putain, j'croyais que c'était Jérôme !

Le caïd gagne beaucoup d'argent mais en perd le sommeil. Il vient de recevoir cinq appels consécutifs en moins de deux minutes. Agacé, il met son portable sur vibreur, continue vers les habitations du fond. Il va récupérer une partie de son produit dans le teum-teum loué sous une fausse identité. Son teushi en provenance des terres arides du Maroc se bicrave comme des petits pains dans toute la Seine-Saint-Denis. Il pianote sur le digicode de l'immeuble, monte au premier étage, glisse ses clés dans la serrure. Son téléphone tremble de nouveau :

Urgent ! Attention les stups sont dans l'appart !

À la lecture du message, ses yeux sortent de leur orbite, comme ceux des Simpsons. Au même moment, un homme en noir ouvre précipitamment la porte de l'appart, bondit comme un ressort pour le pécho. Le trafiquant esquive d'un pas en retrait puis se sauve. Le type le poursuit dans le couloir, dans les escaliers, s'agrippe à son polo. Houssine se retourne, lui envoie deux patates de forain en pleine tronche. Déséquilibré, le prédateur lâche un cri, puis sa prise. Il chute dans les marches. Le dealer s'enfuit mais deux autres gars surgissent dans le hall. Ils lui font barrage. Il en saisit un au cou, le projette au sol, puis dégage le second d'un coup de coude. Il sort de l'immeuble à toute vitesse, suivi quelques secondes plus tard par les deux golgoths, brassard orange police sur le bras.

– Arrête-toi ! Arrête-toi !

Houssine se faufile entre les petits bâtiments de la résidence, palpe ses poches.

– Oh putain, j'ai laissé les clés sur la porte !

Il se réfugie dans un local à poubelle, observe anxieusement ses deux poursuivants scanner chaque bâtiment, chaque buisson. Une odeur nauséabonde émane du container d'ordures ménagères d'où des dizaines de cafards vont et viennent tranquillement. Un caniche blanc débarque dans le local, renifle les poubelles puis les baskets du caïd. Houssine pose son index sur ses lèvres. Il chuchote :

– Casse-toi, sale clébard... Allez dégage ! Ferme ta gueule !

Le chien dresse les oreilles et aboie. Une vieille dame avec une canne braille :

– Bobby ! Bobby arrête de faire les poubelles !

Houssine attrape le cabot, l'enfouit dans le dépotoir. Alertés par les cris, les deux flics accourent, présentent leur brassard de police à la riveraine puis se rapprochent de la planque. Houssine essaye de rester calme... Un nouveau texto :

Je suis à côté de ta voiture. T'es où ?

Il prend sa respiration, jaillit du local, tombe nez à nez avec l'un des flics qui veut lui barrer la route mais trébuche.

Le caïd s'échappe dans l'allée gravillonnée. Sous la pression de ses semelles, les gravillons éclatent dans tous les sens. L'autre keuf est sur ses talons. Houssine grimace, lève les genoux de plus en plus vite, balance les bras de plus en plus loin, son rythme cardiaque atteint un pic. Une voiture ralentit au bout de l'allée, le conducteur cagoulé l'encourage comme un entraîneur d'athlétisme.

– Dépêche-toi ! Dépêche-toi ! Allez, gamin !

Un des policiers se jette à ses pieds, le dealer s'effondre mais se débat comme un gnou. Houssine se relève, accueille le collègue qui arrive avec un puissant front kick. Le caïd tape un ultime sprint vers la portière déjà ouverte, son assaillant ne laisse pas tomber, il s'accroche à la berline. Le chauffeur accélère, disparaît sous un nuage de carbone.

– Putain de sa mère ! Fait chier ! On l'avait : fait chier ! Il avait un complice putain de merde !

– Mais d'où il sort ce type ? Le collègue de Saint-Denis nous a bien dit qu'il serait seul ?

– Fait chier ! crie l'autre policier

Papy garde un œil sur son rétroviseur. Personne ne les suit. Il ôte sa cagoule. Perrin a cinquante balais. On le surnomme Papy à cause de sa chevelure blanche, sa gueule marquée par la cigarette, le vécu et les cuites. Un visage carré, un gros pif tout rose, des yeux clairs coiffés d'épais sourcils gris sur un corps physiquement entretenu. Il coince une cigarette dans son bec pendant que son passager, polo déchiré et trempé par la sueur, se remet de ses émotions. Joe Dassin chante sur une mélodie disco.

C'était pourtant bien, de danser très doux,
Et de se fondre au point d'oublier tout autour de nous.
C'était pourtant bon
Et moi j'étais pour finir sur les violons

Pour commencer l'amour.
Et si ce soir, on dansait le dernier slow,
Comme si l'air du temps se trompait de tempo.
Et si ce soir on dansait le dernier slow,
Un peu de tendresse au milieu du disco.

Papy baisse le volume.

– T'as eu chaud gamin...

– Ouais. Je te remercie, Papy. Je comprends pas... Qu'est-ce qu'ils foutaient là ? C'est un truc de ouf, j'ai vraiment cru que j'étais cuit. Jérôme ne répond pas. Je l'ai eu hier, depuis plus rien. C'est pas son genre de faire ça. J'espère qu'il ne lui est rien arrivé...

– Tu me réponds pas non plus ! Je t'appelle depuis hier soir pour t'avertir, tu ne décroches pas...

– Hey, Papy, je t'en voulais. Tu m'as dit des trucs de ouf l'autre soir.

– Gamin, j'avais bu.

– À chaque fois, tu me l'as fait. T'abuses de la bouteille. Mais on s'en fout, tu viens juste de me sortir d'une putain de galère. Mais qu'est-ce qu'ils foutaient là ? Et Jérôme, il est où ?

Il essaye d'appeler son pote.

– Putain ! Encore sur messagerie.

– À ton avis ? Qu'est-ce que les stups du Val-d'Oise préparent dans un appart où y a du cannabis ? Peut-être qu'ils sont venus le fumer ? T'es vraiment pas fini, gamin.

– Ouais, mais comment ils ont su ?

– Hier soir, je suis allé récupérer des affaires. À la porte du bureau, j'ai surpris Neterli se faire remonter les bretelles par le commissaire, ça chauffait grave. Cette ordure de Neterli parlait d'un type passé à table, que l'info était sûre, que tu serais là vers sept heures. Je crois que l'interrogatoire a dégénéré. Je les ai épiés, collé à la porte, ils ont appelé les stups du Val-d'Oise. Donc je suis venu à la résidence, et là j'ai vu les gars en planque à l'extérieur. Ils se sont mis en place à sept heures. J'ai fait le tour du pâté de maisons, ta caisse était garée, j'ai enfilé ma cagoule et foncé à l'allée.

– C'est quoi ce truc de ouf ! Jérôme s'est fait péter ?

– Il n'était pas dans nos bureaux. J'ai pas compris... C'était chaud gamin. T'as de la chance qu'ils n'aient pas fait usage de leurs armes.

Le conducteur exhale un nuage de fumée.

– Je peux te dire que t'as une bonne étoile. Neterli veut te coffrer mais à travers toi, c'est moi qu'il veut... Il rêve de me détruire.

Papy s'arrête en plein Saint-Denis après avoir parcouru Épinay-sur-Seine et Villetaneuse. Il y dépose son jeune protégé.

– Je te remercie d'être là pour moi.

– J'ai promis à ton père de veiller sur toi. Mais me foutre dans ce genre de situation, je n'aime pas du tout. Je ne le referai pas, rentre bien ça dans ton crâne, gamin !

– Excuse-moi, Papy...

– Une dernière chose, gamin : fais attention à toi. J'sais pas ce qu'a Neterli après toi mais fais gaffe, ralentis l'activité, écoute-moi.

Le jeune dealer disparaît dans les grands ensembles du centre-ville où ses soldats servent les consommateurs de cannabis. En le voyant arriver, deux adolescents changent de trottoir, la trouille dans les yeux.

– Wesh les gars ! Arrêtez de flipper, il est à la SPA Féroce.

– Ah ouais ?

– Mais ton polo est déchiré ! dit le plus jeune.

– Ils m'ont niqué mon polo à trois cents balles. Bâtards de keufs ! Hey, Hachim, vous faites quoi là ?

– On va déposer des courses chez Mamie Strange. Et après, on va à Châtelet, voir les danseurs.

– Ouais, Ilyès a carotté deux sacs de courses à Carrefour pour remplir le frigo de Mamie Strange, il est trop fort !

– Vous allez finir aux Restos du cœur ! En plus vous allez à Châtelet, voir les zoulous, vous avez que ça à faire. Avant de faire les cons, pensez à faire des sous !

Le caïd s'éloigne et marmonne :

– Putain Jérôme...